朱光潜散文精选集

朱光潜　著

Zhu Guangqian's
Prose Collection

此时，此身，此地

中国出版集团　现代出版社

图书在版编目（CIP）数据

美，在此时，此身，此地：朱光潜散文精选集 / 朱
光潜著. —— 北京：现代出版社，2021.3（2023.4重印）
　ISBN 978-7-5143-9088-9

　Ⅰ.①美… Ⅱ.①朱… Ⅲ.①散文集 – 中国 – 当代
Ⅳ.①I267

中国版本图书馆CIP数据核字(2021)第040927号

美，在此时，此身，此地：朱光潜散文精选集

著　　者	朱光潜	
责任编辑	徐　芬	
出版发行	现代出版社	
地　　址	北京市安定门外安华里504号	
邮政编码	100011	
电　　话	(010) 64267325	
传　　真	(010) 64245264	
网　　址	www.1980xd.com	
电子邮箱	xiandai@vip.sina.com	
印　　刷	唐山富达印务有限公司	
开　　本	880 mm × 1230 mm　1/32	
印　　张	8.25	
字　　数	162千字	
版　　次	2021年7月第1版　2023年4月第2次印刷	
书　　号	ISBN 978-7-5143-9088-9	
定　　价	45.00元	

目 录

辑 一

美，是我们存在的证据

谈人生与我

朋友：

我写了许多信，还没有郑重其事地谈到人生问题，这是一则因为这个问题实在谈滥了，一则也因为我看这个问题并不如一般人看得那样重要。在这最后一封信里我所以提出这个滥题来讨论，并不是要说出什么一番大道理，不过把我自己平时几种对于人生的态度随便拿来做一次谈料。

我有两种看待人生的方法。在第一种方法里，我把我自己摆在前台，和世界一切人和物在一块玩把戏；在第二种方法里，我把我自己摆在后台，袖手看旁人在那儿装腔作势。

站在前台时，我把我自己看得和旁人一样，不但和旁人一样，并且和鸟兽虫鱼诸物也都一样。人类比其他物类痛苦，就因为人类把自己看得比其他物类重要。人类中有一部分人比其余的人苦痛，就因为这一部分人把自己比其余的人看得重要。比方穿衣吃饭是多么简单的事，然而在这个世界里居然成为一个极重要的问题，就因为有一部分人要亏人自肥。再比方生死，这又是多么简单的事，无量数人和无量数物都已生过来死过去了。一个小虫让车轮压死了，或者一朵鲜花让狂风吹落了，在虫和花自己都决不值得计较或留恋，而在人类则生老病死以后偏要加上一个苦字。这无非是因为人们希望造物主宰待他们自己应该比草木虫鱼特别优厚。

因为如此着想，我把自己看作草木虫鱼的侪辈，草木虫鱼在和风甘露中是那样活着，在炎暑寒冬中也还是那样活着。像庄子所说，它们"诱然皆生，而不知其所以生；同焉皆得，而不知其所以得"。它们时而戾天跃渊，欣欣向荣，时而含葩敛翅，晏然蛰处，都顺着自然所赋予的那一副本性。它们决不计较生活应该是如何，决不追究生活是为着什么，也决不埋怨上天待它们特薄，把它们供人类宰割凌虐。在它们说，生活自身就是方法，生活自身也就是目的。

从草木虫鱼的生活，我觉得一个经验。我不在生活以外别求生活方法，不在生活以外别求生活目的。世间少我一个，多我一个，或者我时而幸运，时而受灾祸侵逼，我以为这都无伤天地之和。你如果问我，人们应该如何生活才好呢？我说，就顺着自然所给的本性生活着，像草木虫鱼一样。你如果问我，人们生活在这幻变无常的世相中究竟为着什么？我说，生活就是为着生活，别无其他目的。你如果向我埋怨天公说，人生是多么苦恼呵！我说，人们并非生在这个世界来享幸福的，所以那并不算奇怪。

这并不是一种颓废的人生观。你如果说我的话带有颓废的色彩，我请你在春天到百花齐放的园子里去，看看蝴蝶飞，听听鸟儿鸣，然后再回到十字街头，仔细瞧瞧人们的面孔，你看谁是活泼，谁是颓废？请你在冬天积雪凝寒的时候，看看雪压的松树，看看站在冰上的鸥和游在水中的鱼，然后再回头看看遇苦便叫的那"万物之灵"，你以为谁比较能耐苦持恒呢？

我拿人比禽兽，有人也许目为异端邪说。其实我如果要援引"经典"，称道孔孟以辩护我的见解，也并不是难事。孔子所谓"知命"，孟子所谓"尽性"，庄子所谓"齐物"，宋儒所谓"廓然大公，物来顺应"，和古希腊廊下派哲学，我都可以引申成一篇经义文，做我的护身符。然而我觉得这大可不必。我虽不把自己比旁人看得重要，我也不把自己看得比旁人分外低能，如果我的理由是理由，就不用仗先圣先贤的声威。

以上是我站在前台对于人生的态度。但是我平时很欢喜站在后台看人生。许多人把人生看作只有善恶分别的，所以他们的态度不是留恋，就是厌恶。我站在后台时把人和物也一律看待，我看西施、嫫母、秦桧、岳飞也和我看八哥、鹦鹉、甘草、黄连一样，我看匠人盖屋也和我看鸟鹊营巢、蚂蚁打洞一样，我看战争也和我看斗鸡一样，我看恋爱也和我看雄蜻蜓追雌蜻蜓一样。因此，是非善恶对我都无意义，我只觉得对着这些纷纭扰攘的人和物，好比看图画，好比看小说，件件都很有趣味。

这些有趣味的人和物之中自然也有一个分别。有些有趣味，是因为它们带有很浓厚的喜剧成分；有些有趣味，是因为它们带有很深刻的悲剧成分。

我有时看到人生的喜剧。前天遇见一个小外交官，他的上下巴都光光如也，和人说话时却常常用大拇指和食指在腮旁捻一捻，像有胡须似的。他们说这是官气，我看到这种举动比看诙谐画还更有趣味。许多年前一位同事常常很气愤地向人说："如果我是一个女子，我至少已接得一尺厚的求婚书了！"偏偏他不是女子，这已经是喜剧；何况他又麻又丑，纵然他幸而为女子，也决不会有求婚书的麻烦，而他却以此沾沾自喜，这总算得喜剧之喜剧了。这件事和英国文学家哥尔德斯密斯的一段逸事一样有趣。他有一次陪几个女子在荷兰某一个桥上散步，看见桥上行人个个都注意他同行的女子，而没有一个睬他自己，便板起面孔很气愤地说："哼，在别地方也有人这样看我咧！"如此等类的事，我天天都见得着。在闲静寂寞的时候，我把这一类的小小事件从记忆中召回来，寻思玩味，觉得比抽烟饮茶还更有味。老实说，假如这个世界中没有曹雪芹所描写的刘姥姥，没有吴敬梓所描写的严贡生，没有莫里哀所描写的达尔杜弗和阿尔巴贡，生命更不值得留恋了。我感谢刘姥姥、严贡生一流人物，更甚于我感谢钱塘的潮和匡庐的瀑。

其次，人生的悲剧尤其能使我惊心动魄。许多人因为人生多悲剧而悲观厌世，我却以为人生有价值正因其有悲剧。我在几年前做的《无言之美》里曾说明这个道理，现在引一段来：

我们所居的世界是最完美的，就因为它是最不完美的。这话表面看去，不通已极。但是实含有至理。假如世界是完美的，人类所过的生活——比好一点，是神仙的生活；比坏一点，就是猪的生活——便呆板单调已极，因为倘若件件事都尽美尽善了，自然没有希望发生，更没有努力奋斗的必要。人生最可乐的就是活动所生的感觉，就是奋斗成功而得的快慰。世界既完美，我们如何能尝创造成功的快慰？这个世界之所以美满，就在有缺陷，就在有希望的机会，有想象的田地。换句话说，世界有缺陷，可能性才大。

这个道理李石岑先生在《一般》三卷三号所发表的《缺陷论》里也说得很透辟。悲剧也就是人生一种缺陷。它好比洪涛巨浪，令人在平凡中见出庄严，在黑暗中见出光彩。假如荆轲真正刺中秦始皇，林黛玉真正嫁了贾宝玉，也不过闹个平凡收场，哪得叫千载以后的人唏嘘赞叹？以李太白那样天才，偏要和江淹戏弄笔墨，做了一篇《反恨赋》，和《上韩荆州书》一样庸俗无味。毛声山评《琵琶记》，说他有意要做"补天石"传奇十种，把古今几件悲剧都改个快活收场，他没有实行，总算是一件幸事。人生本来要有悲剧才能算人生，你偏想把它一笔勾销，不说你勾销不去，就是勾销去了，人生反更索然寡趣。所以我无论站在前台或站在后台时，对于失败，对于罪孽，对于殃咎，都是一副冷眼看待，都是用一个热心惊赞。

朋友，我感谢你费去宝贵的时光读我的这十二封信，如果你不厌倦，将来我也许常常和你通信闲谈，现在让我暂时告别吧！

你的朋友　孟实

从我怎样学国文说起

　　我学国文，走过许多迂回的路，受过极旧的和极新的影响。如果用自然科学家解剖形态和穷究发展的方法将这过程作一番检讨，倒是一件很有趣的事情。

　　我在十五岁左右才进小学，以前所受的都是私塾教育。从六岁起读书，一直到进小学，我没有从过师，我的唯一的老师就是我的父亲。我的祖父做得很好的八股文，父亲处在八股文和经义策论交替的时代。他们读什么书，也就希望我读什么书。应付科举的一套家当委实可怜，四书、五经、纲鉴、《唐宋八大家文选》《古唐诗选》之外就几乎全是闱墨制义。五经之中，我幼时全读的是《诗经》《左传》。《诗经》我没有正式地读，家塾里有人常在读，我听了多遍，就能成诵大半。于今我记得最熟的经书，除《论语》外，就是听会的一套《诗经》。我因此想到韵文入人之深，同时，读书用目有时不如用耳。私塾的读书程序是先背诵后讲解。在"开讲"时，我能了解的很少，可是熟读成诵，一句一句地在舌头上滚将下去，还拉一点腔调，在儿童时却是一件乐事。这早年读经的教育我也曾跟着旁人咒骂过，平心而论，其中也不完全无道理。我现在所记得的书大半还是儿时背诵过的，当时虽不甚了了，现在回忆起来，不断地有新领悟，其中意味确是深长。

父亲有些受过学校教育的朋友，教我的方法多少受了新潮流的影响。我"动笔"时，他没有教我做破题起讲，只教我做日记。他先告诉我日间某事可记，并且指出怎样记法，记好了，他随看随改，随时讲给我听。有一次我还记得很清楚，宅旁发见一个古墓，掘出两个瓦瓶，父亲和伯父断定它们是汉朝的古物（他们的考古知识我无从保证），把它们洗干净，供在香炉前的条几上，两人磋商了一整天，做了一篇"古文"的记，用红纸楷书恭写，贴在瓶子上面。伯父提议让我也写一篇，父亲说："他！还早呢。"言下大有鄙夷之意。我当时对于文字起了一种神秘意识，仿佛此事非同小可，同时也渴望有一天能够得上记古瓶。

日记能记到一两百字时，父亲就开始教我做策论经义。当时科举已废除，他还传给我这一套应付科举的把戏，无非是"率由旧章"，以为读书人原就应该弄这一套。现在的读者恐怕对这些名目已很茫然，似有略加解释的必要。所谓"经义"是在经书中挑一两句做题目，就抱着那题目发挥成一篇文章，例如题目是"知耻近乎勇"，你就说明知耻何以近乎勇，"耻"与"勇"须得一番解释，"近乎"两个字更大有文章可做。所谓"策"是在时事中挑一个问题，让你出一个主意，例如题目是"肃清匪患"，你就条陈几个办法，并且详述利弊，显出你有经邦济世的本领。所谓"论"就是议论是非长短，或是评衡人物，刘邦和项羽究竟哪一个高明，或是判断史事，孙权究竟该不该笼络曹操。做这几类文章，你都要说理，所说的尽管是歪理，只要能自圆其说，歪也无妨。翻案文章往往见得独出心裁。这类文章有它们的传统作法。开头要一个帽子，从广泛的大道理说起，逐渐引到本题，发挥一段意思，于是转到一个"或者曰"式的相反的议论，把它驳倒，然后作一个结束。这就是所谓"起承转合"。这类文章没有什么文学价值，人人都知道。但是当作一种写作训练看，它也不是完全无用。在它的窄狭范围内，如果路走得不错，它可以启发思想，它的形式尽管是呆板，它究竟有一个形式。我从十岁左右起到二十岁左右止，前后至少有十年的光阴都费在这种议论文上面。这训练造成我的思想的定型，注定我的写作的命运。我写说理文很容易，有理我都可以说得出，很难说的理我能用很浅的话说出来。这不能不归功于幼年的训练。但是就全盘计算，我自知得不偿失。在应该发展想象的年龄，我的空洞的脑袋被歪曲到抽象的思想工作方面去，结果我的想象力变成极平凡，我把握不住一个有血有肉有光有热的世界，在旁人脑里成为活跃的戏景画境的，在我脑里都化为干枯冷酷的理。我写不出一篇过得去的描写文，就吃亏在这一点。

　　我自幼就很喜欢读书。家中可读的书很少，而且父亲向来不准我乱翻他的书箱。每逢他不在家，我就偷尝他的禁果。我翻出储同人评选的《史记》《战国策》《国语》《西汉文》之类，随便看了几篇，就觉得其中趣味无穷。本来我在读《左传》，可是当作正经功课读的《左传》文章虽好，却远不如自己偷着看的《史记》《战国策》那么引人入胜。像《项羽本纪》那种长文章，我很早就熟读成诵。

王应麟的《困学纪闻》也有些地方使我很高兴。父亲没有教我读八股文，可是家里的书大半是八股文，单是祖父手抄的就有好几箱，到无书可读时，连这角落里我也钻了进去。坦白地说，我颇觉得八股文也有它的趣味。它的布置很匀称完整，首尾条理线索很分明，在窄狭范围与固定形式之中，翻来覆去，往往见出作者的匠心。我于今还记得一篇《止子路宿》，写得真惟妙惟肖，入情入理。八股文之外，我还看了一些七杂八拉的东西，试帖诗，《楹联丛话》《广治平略》《事类统论》《历代名臣言行录》《粤匪纪略》，以至于《验方新编》《麻衣相法》《太上感应篇》和《牙牌起数》用的词。家住在穷乡僻壤，买书甚难。距家二三十里地有一个牛王集，每年清明前后附近几县农人都到此买卖牛马。各种商人都来兜生意，省城书贾也来卖书籍文具。我有一个族兄每年都要到牛王集买一批书回来，他的回来对于我是一个盛典。我羡慕他有去牛王集的自由，尤其是有买书的自由。书买回来了，他很慷慨地借给我看。由于他的慷慨，我读到《饮冰室文集》。这部书对于我启示一个新天地，我开始向往"新学"，我开始为《意大利三杰传》的情绪所感动。作者那一种酣畅淋漓的文章对于那时的青年人真有极大的魔力，此后有好多年我是梁任公先生的热烈的崇拜者。有一次报纸误传他在上海被难，我这个素昧平生的小子，在一个偏僻的乡村里为他伤心痛哭了一场。也就从饮冰室的启示，我开始对于小说戏剧发生兴趣。父亲向不准我看小说，家里除一套《三国演义》以外，也别无所有，但是《水浒传》《红楼梦》《琵琶记》《西厢记》几种我终于在族兄处借来偷看过。因为读这些书，我开始注意金圣叹，"才子""情种"之类观念开始在我脑里盘旋。总之，我幼时头脑所装下的书好比一个灰封尘积的荒货摊，大部分是废铜烂铁，中间也夹杂有几件较名贵的古董。由于这早年的习惯，我至今读书不能专心守一个范围，总爱东奔西窜，许多不同的东西令我同样感觉兴趣。

我在小学里只住了一学期就跳进中学。中学教育对于我较深的影响是"古文"训练。说来也很奇怪，我是桐城人，祖父和古文家吴挚甫先生有交谊，他所廪保的学生陈剑潭先生做古文也曾享一时盛名，可是我家里从没有染着一丝毫的古文派风气。科举囿人，于此可见一斑。进了中学，我才知道有桐城派古文这么一回事。那时候我的文字已粗清通，年纪在同班中算是很小，特别受国文教员们赏识。学校里做文章的风气确是很盛，考历史、地理可以做文章，考物理、化学也还可以做文章，所以我到处占便宜。教员们希望这小子可以接古文一线之传，鼓励我做，我越做也就越起劲。读品大半选自《古文辞类纂》和《经史百家杂钞》。各种体裁我大半都试做过。那时候我的模仿性很强，学欧阳修、归有光有时居然学得很像。学古文别无奥诀，只要熟读范作多篇，头脑里甚至筋肉里都浸润下那一套架子，那一套腔调，和那一套用字造句的姿态，等你下笔一摇，那些"骨力""神韵"就自然而然地来了，你就变成一个扶乩手，不由自主地动作起来。桐城派古文曾博得"谬种"的称呼。依我所知，这派文章大道理固然没有，大毛病也不见得很多。它的要求是谨严典雅，它忌讳浮词堆砌，它讲究声音节奏，它着重立言得体。古今中外的上品文章似乎都离不掉这几个条件。它的唯一毛病就是文言文，内容有时不免空洞，以至谨严到干枯，典雅到俗滥。这些都是流弊，作始者并不主张如此。

兴趣既偏向国文，在中学毕业后我就决定升大学入国文系。我很想进北京大学，因为路程远，花费多，家贫无力供给，只好就近进了武昌高等师范学校。在武昌待了一年光景，使我至今还留恋的只有洪山的红莱墓，蛇山的梅花和江边几条大街上的旧书肆。至于学校却使我大失所望，里面国文教员还远不如在中学教我的那些老师。那位以地理名家的系主任以冬烘学究而兼有海派学者的习气，走的全是左道旁门，一面在灵学会里扶乩请仙，一面在讲台上提倡孔教，讲书一味穿凿附会，黑水变成黑海，流沙便是非洲沙漠。另外有一位教员讲《孟子》，在每章中都发见一个文章义法，章章不同，这章是"开门见山"，那章是"一针见血"，另一章又是"剥茧抽丝"。一团乌烟瘴气，弄得人啼笑皆非。我从此觉得一个人嫌恶文学上的低级趣味可以比嫌恶仇敌还更深入骨髓。我在武昌却并非毫无所得，我开始发见世间有那么多的书。其次，学校里有文字学一门功课，我规规矩矩地把段玉裁的《说文解字注》从头看到尾，约略窥见清朝小学家们治学的方法。

塞翁失马，因祸可以得福。我到武昌是失着，但是我因此得到被遣送到香港大学的机会。这是我生平一个大转机。假若没有得到那个机会，说不定我现在还是冬烘学究。从那时到现在，二十余年之中，我虽没有完全丢开线装书，大部分工夫却花来学外国文，读外国书。这对于我学中国文，读中国书的影响很大，待下文再说，现在先说一个同样重要的事件，那就是"新文化运动"。大家都知道，这运动是对于传统的文化、伦理、政治、文学各方面的全面攻击。它的鼎盛期正当我在香港读书的年代。那时我是处在怎样一个局面呢？我是旧式教育培养起来的，脑里被旧式教育所灌输的那些固定观念全是新文化运动的攻击目标。好比一个商人，库里藏着多年辛苦积蓄起来的一大堆钞票，方自以为富足，一夜睡过来，满市人都宣传那些钞票全不能兑现，一文不值。你想我心服不心服？尤其是文言文要改成白话文一点于我更有切肤之痛。当时许多遗老遗少都和我处在同样的境遇。他们咒骂过，我也跟着咒骂过。《新青年》发表的吴敬斋的那封信虽不是我写的（天知道那是谁写的，我祝福他的在天之灵！），却大致能表现当时我的感想和情绪。但是我那时正开始研究西方学问。一点浅薄的科学训练使我看出新文化运动是必需的，经过一番剧烈的内心冲突，我终于受了它的洗礼。我放弃了古文，开始做白话文，最初好比放小脚，裹布虽扯开，走起路来终有些不自在，后来小脚逐渐变成天足，用小脚曾走过路，改用天足特别显得轻快，发见从前小脚走路的训练功夫，也并不算完全白费。

　　文言白话之争到于今似乎还没有终结，我做过十五年左右的文言文，二十年左右的白话文，就个人经验来说，究竟哪一种比较好呢？把成见撇开，我可以说，文言和白话的分别并不如一般人所想象的那样大。第一，就写作的难易说，文章要做得好都很难，白话也并不比文言容易。第二，就流弊说，文言固然可以空洞、俗滥、板滞，白话也并非天生地可以免除这些毛病。第三，就表现力说，白话与文言各有所长，如果要写得简练，有含蓄，富于伸缩性，宜于用文言；如果要写得生动，直率，切合于现实生活，宜于用白话。这只是大体说，重要的关键在作者的技巧，两种不同的工具在有能力的作者的手里都可运用自如。我并没有发见某种思想和感情只有文言可表现，或者只有白话可表现。第四，就写作技巧说，好文章的条件都是一样，第一是要有话说，第二要把话说得好。思想条理必须清楚，情致必须真切，境界必须新鲜，文字必须表现得恰到好处，谨严而生动，简朴不至枯涩，高华不至浮杂。文言文要好须如此，白话文要好也还须如此。话虽如此说，我大体上比较爱写白话。原因很简单，语文的重要功用是传达，传达是作者与读者中间的交际，必须作者说得痛快，读者听得痛快，传达才能收到最大的效果。为作者着想，文言和白话的分别固不大；为读者着想，白话确远比文言方便。不过这里我要补充一句：白话的定义很难下，如果它指大多数人日常所用的语言，它的字和词都太贫乏，决不够用。较好的白话文都不免要在文言里面借字借词，与日常流行的话语究竟有别。这就是说，白话没有和文言严密分家的可能。本来语言都有历史的赓续性，字与词有部分的新陈代谢，决无全部的死亡。提倡白话文的人们欢喜说文言是死的，白话是活的。我以为这话语病很大，它使一般青年读者们误信只要会说话就会做文章，对于文字可以不研究，对于旧书可以一概不读，这是为白话文作茧自缚。白话文必须继承文言的遗产，才可以丰富，才可以着土生根。

因为有这个信念，我写白话文，不忌讳在文言中借字借词。我觉得文言文的训练对于写白话文还大有帮助。但是我极力避免用文言文的造句法，和文言文所习用的虚字如"之乎者也"之类。因为文言文有文言文的空气，白话文有白话文的空气，除借字借词之外，文白杂糅很难得谐和。俞平伯诸人的玩意儿只可聊备一格，不可以为训。

　　我对于白话文，除着接收文言文的遗产一个信念以外，还另有一个信念，就是它需要适宜程度的欧化。我从略通外国文学，就时时考虑怎样采取外国文学风格和文字组织的优点，来替中国文创造一种新风格和新组织。我写白话文，除得力于文言文的底子以外，从外国文字训练中也得了很不少的教训。头一点我要求合逻辑。一番话在未说以前，我必须把思想先弄清楚，自己先明白，才能让读者明白，糊里糊涂地混过去，表面堂皇铿锵，骨子里不知所云或是暗藏矛盾，这个毛病极易犯，我总是小心提防着它。我不敢说中国文天生有这毛病，不过许多中国文人常犯这毛病却是事实。我知道提防它，是得力于外国文字的训练。我爱好法国人所推崇的明晰。第二点我要求合文法。文法本由习惯造成，各国语言都有它的习惯，就有它的文法。不过我们中国人对于文法向来不大研究，行文还求文从字顺，说话就不免随便。中国文法组织有两个显著的缺点。第一是缺乏逻辑性，一句话可以无主词，"虽然""但是"可以连着用。其次缺乏弹性，单句易写，混合句与复合句不易写，西文中含有"关系代名词"的长句无法译成中文，可以为证。我写白话文，常尽量采用西文的文法和语句组织，虽然同时我也顾到中国文字的特性，不要文章露出生吞活剥的痕迹。第二点在造句布局上我很注意声音节奏。我要文字响亮而顺口，流畅而不单调。古文本来就很讲究这一点，不过古文的腔调必须哼才能见出，白话文的腔调哼不出来，必须念出来，所以古文的声音节奏很难应用在白话文里。近代西方文章大半是用白话文，所以它的声音节奏的技巧和道理很可以为我们借鉴。这中间奥妙甚多，粗略地说，字的平仄单复，句的长短骈散，以及它们的错综配合都须得推敲。这事很难，成就距理想总是很远。

我主张中文要有"适宜程度的"欧化，这就是说，欧化须有它的限度，它不应和本国的文字的特性相差太远。有两种过度的欧化我颇不赞成。第一种是生吞活剥地模仿西文语言组织。这风气倡自鲁迅先生的直译主义。"我遇见他在街上走"变成"我遇见他走在街上"，"园里有一棵树"变成"那里有一棵树在园里"，如此等类的歪曲我以为不必要。第二种是堆砌形容词和形容字句，把一句话拖得冗长臃肿。这在西文里本不是优点，许多作者偏想在这上面卖弄风姿，要显出华丽丰富，他们不知道中文句字负不起那样重载。为了这个问题，我和一位朋友吵过几回嘴。我不反对文字的华丽，但是我不欢喜村妇施朱傅粉，以多为贵。

这牵涉到风格问题，"风格就是人格"。每个作者有他的特性，就有他的特殊风格。所以严格地说，风格不是可模仿的或普遍化的，每个作者如果在文学上能有特殊的成就，他必须成就一种他所独有的风格。但是话虽如此说,他在成就独有的风格的过程中,不能不受外来的影响。他所用的语言是大家所公用的,他所承受的精神遗产来源很久远,他与他的环境的接触影响到他的生活,就能影响到他的文章。他的风格的形成有他的特异点,也有他与许多人的共同点,如果把这共同点叫作类型,我们可以说,一时代的文学有它的类型的风格,一个民族的文学也有它的类型的风格。这类型的风格对于个别作家的风格是一个基础。文学需要"学",原因就在此。像其他人类活动一样,文艺离不开模仿,不模仿而能创造,那是无中生有,不可想象。许多作家的厄运在不学而求创造,也有许多作家的厄运在安心模仿而不求创造。安于模仿类型的风格于是成为呆板形式,而模仿者只是拿这呆板形式来装腔作势,装腔作势与真正文艺毫无缘分。从历史看,一个类型的风格到了相当时期以后,常易变成呆板形式供人装腔作势,要想它重新具有生命,必须有很大的新的力量来震撼它,滋润它。这新的力量可以从过去另一时代来,如唐朝作家撇开六朝回到两汉,19世纪欧洲浪漫派撇开假古典时代回到中世纪,也可从另一民族来,如六朝时代接受佛典,英国莎士比亚时代接受意大利的文艺复兴。从整个的中国文学史看,中国文学的类型的风格到了唐宋以后不断地在走下坡路,我们早已到了"文敝"的阶段,个别作家如果株守故辙,虽有大力也无能为力。西方文化的东流,是中国文学复苏的一个好机会。我们这一个时代的人所负的责任真重大,我们不应该错过这机会。我以为中国文的欧化将来必须逐渐扩大,由语句组织扩大到风格。这事很不容易,有文学天才的人不一定有时间与精力研究西方文学,有时间精力研究西方文学的人也不一定有文学天才。假如我有许多年轻作家的资禀,再加上丰富的生活经验,也许多少可以实现我的愿望。无如天注定了我资禀平凡,注定了我早年受做时文的教育,又注定了我奔波劳碌,不得一刻闲,一切愿望于是成为苦恼。

文学是人格的流露。一个文人先须是一个人,须有学问和经验所逐渐铸就的丰富的精神生活。有了这个基础,他让所见、所闻、所感、所触借文字很本色地流露出来,不装腔,不作势,水到渠成,他就成就了他的独到的风格,世间也只有这种文字才算是上品文字。除着这个基点以外,如果还另有什么资禀使文人成为文人的话,依我想,那就只有两种敏感。一种是对于人生世相的敏感。事事物物的哀乐可以变成自己的哀乐,事事物物的奥妙可以变成自己的奥妙。"一花一世界,一草一精神。"有了这种境界,自然也就有同情,就有想象,就有彻悟。其次是对于语言文字的敏感。语言文字是流通到光滑污滥的货币,可是每个字在每一个地位有它的特殊价值,丝毫增损不得,丝毫搬动不得。许多人在这上面苟且敷衍,得过且过;对于语言文字有敏感的人便觉得这是一种罪过,发生嫌憎。只有这种人才能有所谓"艺术上的良心",也只有这种人才能真正创造文学,欣赏文学。诗人济慈说:"看一个好句如一个爱人。"在恋爱中除着恋爱以外,一切都无足轻重;在文艺活动中,除着字句的恰当选择与安排以外,也一切都无足轻重。在那一刻中(无论是恋爱或是创作文艺),全世界就只有我所经心的那一点真实，其余都是虚幻。在这两种敏感之中，对于文人，最重要的是第二种。古今有许多哲人和神秘主义的宗教家不愿用文字泄露他们的敏感，像柏拉图所说的，他们宁愿在诗里过生活，不愿意写诗。世间也有许多匹夫匹妇在幸运的时会中偶然发见生死是一件沉痛的事，或是墙角一片阴影是一幅美妙的景象，可是他们无法用语言文字把心中的感触说出来，或是说的不是那么一回事。文人的本领不只在见得到，尤其在说得出。说得出，必须说得"恰到好处"，这需要对于语言文字的敏感。有这敏感，他才能找到恰好的字，给它一个恰好的安排。

人生世相的敏感和语言文字的敏感都大半是天生的，人力也可培养成几分。我在这两方面得之于天的异常稀薄，然而我对于人生世相有相当的了悟，运用语言文字也有相当的把握。虽然是自己达不到的境界，我有时也能欣赏，这大半是辛苦训练的结果。我从许多哲人和诗人方面借得一副眼睛看世界，有时能学屈原、杜甫的执着，有时能学庄周、列御寇的徜徉凌卢，莎士比亚教会我在悲痛中见出庄严，莫里哀教会我在乖讹丑陋中见出隽妙，陶潜和华兹华斯引我到自然的胜境，近代小说家引我到人心的曲径幽室。我能感伤也能冷静，能认真也能超脱。能应俗随时，也能潜藏非尘世的丘壑。文艺的珍贵的雨露浸润到我的灵魂至深处，我是一个再造过的人，创造主就是我自己。但是，天！我能再造自己，我不能把接收过来的世界再造成一世界。莪菲丽雅问哈姆雷特读什么，他回答说："字，字，字！"我一生都在"字"上做功夫，到现在还只能用"字"

来做这世界里面的日常交易,再造另一世界所需要的"字",常是没到手就滑了去。圣约翰说:"太初有字,字和上帝在一起,字就是上帝。"我能了解字的威权,可是我常慑服在它的威权之下。原来它是和上帝在一起的。

人文方面几类应读的书

百川先生：

暑中我因校事赴成都，最近回校才看到中周社转来黄梅先生的信，提议要我开一个为获得现代公民常识所必读的书籍目录。这很使我为难，一则我目前极忙，没有工夫仔细斟酌；二则我所学的偏重人文方面，对于社会科学和自然科学都是外行。读书不是一件死板的事，一个方单不能施诸人人而有效。各人的环境、天资、修养和兴趣都不能一笔抹杀。一个人在读书方面想有成就，明眼人的指导固大有裨益，自己的暗中摸索有时也不可少，因为失败的教训往往大于成功的。读者既然要求一个目录，我姑且就我的能力所及，随便谈谈几类应读的书籍，不过要特别声明：这是我个人的意见，只能供参考，不敢希望每个人都依照。

第一，我以为一个人第一件应该明确的是他本国的文化演进、社会变迁以及学术思想和文艺的成就。这并不一定是出于执古守旧的动机。要前进必从一个基点出发，而一个民族以往的成就即它前进出发的基点。知道它的长处所在和短处所在，我们才能知道哪些东西应发扬光大，哪些应弥补改革，也才能知道它在全人类文化中占何等位置，而我们自己如何对它有所贡献。我不是一个学历史者，但对于过去一切典籍，欢喜从历史的眼光去看。从前人有"六经皆史"的说法，其实不只是六经，一切典籍所载都可以当作史迹看。史是人类活动进展的轨迹，它的功用在观今鉴古，继往以开来。我赞成多读中国古典和西方古典，都是根据这个观点。每种学问都有一个渊源，知道渊源才可以溯理流派。知道渊源固不是三五部书所可了事。但是渊源又有渊源，我们先从最基本的着手，然后逐渐扩充，便不至于没有根底。

回到了解中国固有文化的问题，中国向来传统教育所着重的大政并不错。中国中心思想无疑的是儒家，而儒家的渊源的渊源在《论语》《孟子》和"五经"。无论从思想或是从艺术的观点看，《论语》都是一部绝妙的书，可以终身咀嚼，学用不尽的。我从前很欢喜《世说新语》，为的是它所写的魏晋人风度和所载的隽词妙语。近来以风度语言的标准去看《论语》，觉得以《世说新语》较《论语》，真是小巫见大巫。《孟子》比较是要偏锋，露棱角，但是说理文之犀利痛快，明白晓畅，后来却没有人能赶得上。"五经"之中，流品不齐，《书经》是最古的政治史料，《易经》是最古的解释自然的企图，《诗经》为中国纯文学之祖，《春秋》为中国编年史之祖，《礼记》较晚出，内容颇驳杂，但是儒家思想见于此经者反比他经为多，其中如《檀弓》《学记》《乐记》《儒行》《礼运》《大学》《中庸》诸篇，妙文至理，是任何读书人不应放过的。诸子之中，老庄荀墨家最重要，次可略览《韩非子》《列子》《淮南子》，及《吕氏春秋》。读先秦典籍不可不略通文字训诂，段玉裁的《说文解字注》

最便于初学，王引之的《经传释词》颇有科学条理，亦可看。要明白中国思想演进，佛典及宋元明理学都不可忽略，可惜我对此毫无研究，不敢多舌。我只能说，在佛典中我很爱读《六祖坛经》和《楞严经》，这也许是文人积习。在理学书籍中我觉得《近思录》和《传习录》很简便。史籍最浩繁，一般人可选读前四史，全读《资治通鉴》，遇重大事件翻阅《通鉴纪事本末》，遇重大问题翻阅"三通"。治一切学问都不可不明白史的背景，可惜我们至今没有一部完善的通俗的通史，近人张荫麟、钱穆诸君所编的各有特见，但都只能算是草创。文艺方面除着《楚辞》及陶、杜诸集外，一般人可从选本入手。选本甚多，选者各有偏重，难得尽满人意。梁以前作品俱见于《昭明文选》，这是选学之祖，诗文兼收，为治辞章者所必读。后来选本比较适用的，文推姚姬传的《古文辞类纂》；诗推王渔洋的《古今诗选》，王壬秋的《八代诗选》，沈归愚的《古诗源》和《唐宋诗醇》，曾国藩的《十八家诗钞》；词推《花间集》，张惠言《词选》和朱彊邨的《宋词三百首》。曲读《西厢记》《琵琶记》《桃花扇》及其他数种；小说读《水浒传》《红楼梦》及其他数种，对于一般人也就可知其梗概了。

　　在现代，一个人如果只读中国书，他的见解难免偏狭固陋，而且就是中国书也不一定能读得好。学术和其他事物一样，必以比较见优劣，必得新刺激才可产生新生命。读书人最低限度须通一个外国文，从翻译中窥外人文物思想，总难免隔靴搔痒，尤其是在现在我们的译品太少，而且大半不很可靠。

要明了一个文化，大约不外取两种程序。拿绘画来打比，或是先绘一个轮廓，然后点染枝节，由粗疏逐渐到细密；或是先累积枝节，逐渐造成一个轮廓，由日就月将而达到豁然贯通。这两种程序可以并行不悖，普通学者大半兼采这两个方法。治西方文史，为一般人说法，我主张偏重第一个方法。因为从枝节架轮廓，需要很长久的耐苦，如果枝节不够充实，所架成的轮廓也就一定不端正恰当。我们一般人对于西方文史所能花费的时间精力是有限的，想明白西方文化的轮廓，我们最好先读几部较好的历史。我们所感觉困难的是较好的历史，大半是专史而不是通史。从史学观点看，韦尔斯的《世界史纲》(有中译)也许不很完善，但对于一般人却是一部好书。关于近代的，Fisher 的《欧洲通史》值得特别介绍。如果再求详尽精确，读者可参考 Lavisse 的通史(法文)和剑桥大学的中世纪和近代欧洲史。这都是权威著作，有很好的史籍目录可供采择。有时候小册书也很有用，比如谈古代欧洲的，像 *Livingstone: Greek Genius and Its Meaning to Us*；*Lowes Dickenson: Greek View of Life*；*Warde-Fowler: City-state in Greece and Rome*，都非常好。

欧洲文化，大概地说，有三个重要来源：一是希腊的，科学、哲学的思想和文艺作品都是后来的模范；一是希伯来的，宗教信仰大半是它的贡献；一是条顿的，继承希腊精神而发挥为近代科学与工商业文化。在这三个成分中，希腊文化最重要也最难了解，它的内容太丰富而且离我们也太久远。我们最好先从文艺入手。希腊人最擅长的是造型艺术，雕刻尤其精妙，图画建筑和陶器次之。读者最好择一部希腊艺术史，仔细玩味原迹的照片或图形。从这中间他可领略一些希腊人的生活风味。再进一步他就应该读《荷马史诗》，希腊的社会人情风俗及人生理想可于此窥见一斑，再加上几部悲剧代表作，对于希腊人的印象就更明了了。在思想方面，柏拉图的《对话集》最好能全读，至少也应读《理想国》，这是用对话体写的。从古到今，没有一个哲学家能像柏拉图那样面面俱到，深入浅出，用极寻常而幽美的文字传极深奥的道理。要做一个循规蹈矩的哲学家，读柏拉图是最好的门径，要引起一点哲学的兴趣，训练一点哲学的头脑，读柏拉图也比读任何其他哲学家强。亚里士多德比较干枯，但是很谨严细密，能把他的《伦理学》看一遍也很好。此外，我们可读晚出的普鲁塔克的《英雄传》。这是拿罗马伟人和希腊伟人对照的传记，可以见出那个时代人物的生活和风格。罗马时代的著作无甚特创，不是专习文学哲学的人就把它完全丢开也无大妨碍。

希伯来的经典流行的只有一部《圣经》，这部书在西方的影响大概超过任何一部书。它分《旧约》《新约》两部分。《旧约》是犹太教的经典，大部分是犹太的历史和宗教家的训词。《新约》记耶稣生平言行及耶稣教传播的经过。一般人对《圣经》不必全读，《旧约》中读《创世纪》《出埃及记》《约伯传》《颂诗》数篇，《新约》中读任何一个《福音》也就够了。

中世纪常被人误认为"黑暗贫乏"，其实中世纪民众艺术，如雕刻、建筑、图画、诗歌、传奇之类，是很光华灿烂的。读者可择看一部较详尽的艺术史（如Michet所著的），读一两部传奇（如《罗兰之歌》《亚瑟王传》之类），再加上一两部耶教大师的著作（如《圣奥古斯丁自传》之类），对于中世纪人的丰富的内心生活便可知其梗概。但丁是文艺复兴的初期大师，他的《神曲》不可不读。较软性的读物有薄伽丘的《十日谈》和塞万提斯的《堂吉诃德》。文艺复兴时期的最具体的成就仍在造型艺术，读者可看Vasari的《艺人传》和Beransen的《意大利画》。

近代欧洲学术分野逐渐细密，著述也更浩繁，我们很不容易介绍几部书来代表一个时代。在思想方面，卢梭的影响最大，他的自传《忏悔录》和《民约论》是了解近代欧洲的一个钥匙。正统派哲学家自然要推康德和他们的唯心派的继续人。但是他们的作品大半难读，一般读者如能去硬啃康德的《纯粹理性批判》和黑格尔的《逻辑学》固然顶好，否则看一两部较好的哲学史也可略见一斑（通行的有Rogers，Thilly，Weber，Windelband所著的都可用）。在文艺方面，各国都有特殊的造诣，一般读者要想面面俱到，实不可能，只能就他们所懂的文字和兴趣所偏重的去下功夫。那就成了专门学问，我们不能在这里介绍书目。我们为一般人说法，只能介绍几位登峰造极的作者，比如说，一个普通读者如能就莎士比亚的剧本，莫里哀的喜剧，歌德的诗文集，易卜生的剧本，屠格涅夫、托尔斯泰、陀思妥耶夫斯基诸人的小说集中各选读三数种，也就很可观了。

社会科学和自然科学非本文范围所及。但有几部虽为科学专著而已成古典的书籍不能不约略提及，例如达尔文的《物种源始》，亚当·斯密的《原富》，穆勒的《群己权界论》，里波、詹姆斯和弗洛伊德的心理学著作，马克思的《资本论》，佛来柔的《金牛》（*Frager:Golden Bough*），都有很广泛的读者，并不限于专门家。

本文匆匆写就，可议的地方自知甚多。但是我相信，如果读者将这寥寥数十部书仔细读过，他对于人类文化的了解不会很错误。我希望关于社会科学和自然科学的书籍另有知道清楚的人去拟一个目录。

如果你觉得这信对于读者有若干帮助，即请借贵刊披露，并以答黄梅先生。

朱光潜

1942年9月

怎样学习美学
——答青年同志们的来信

最近一两年以来，我经常接到全国各地的青年同志们来信，提出一些关于学习美学方面的问题。这些问题可以归纳成两项：一项是怎样学习；一项是学习些什么，读些什么书。有些人还托我代购美学书籍或索取我的讲稿。对于这些来信我总是尽量抽工夫回答，但是信来得多，我的工作有时很忙，也有搁下来就忘记作复的。至于作复的也大半在匆忙中不能详细地说，恐怕也不能满足来信者的要求。对于这种情形，我一方面看到同志们要求学习美学的热情很高而且很广泛，为我国美学发展的光明前途感到喜悦；另一方面也觉得我应该多帮助这些不耻下问的朋友们，而我的工作条件又不容许我有问必答，不免辜负他们的期望，心里也觉得是一种沉重的负担。因此我想就我所知道的来做一次总的回答。这封回信大半从个人有限的经验出发，说的很难周全，仅供参考而已。

先谈第一项怎样学习的问题。

很多青年同志向我表白心情，说自己对美学有很浓厚的兴趣，但是自觉基础不好，知识有限，恐怕难学得好，美学好像是一种高深莫测的学问。我看首先要打破这种顾虑，树立信心。欣赏文艺，爱好一切美好的事物，这愈来愈多地成为我们日常生活中的一项重要的活动。我们对于审美，每个人都有一些亲身的经验。一部电影、一部小说、一场戏、一朵花、一把茶壶、一个英雄人物，或是一个微小的举动，诸如此类的事物经常引起我们的美感。我们也经常不满意或是嫌厌一些其他事物，嫌它们丑。这就是我们学习美学所必有的而实际上也都有的感性基础。所谓美学并不是什么高深或神秘的学问。它所要做的事就是把感性经验提高到理性认识，从知其美进到知其所以美，从亲身经验的美感现象进一步分析追求美的本质或规律，例如说从感觉到一朵花美，进一步分析这种感觉有什么特点，这朵花和旁的花或旁的事物比较起来，何以特别显得美？一朵花的美和一首咏花诗的美或一幅以花卉为题材的绘画的美是否是一回事？究竟是哪些条件使得一件事物美？为什么同是一件事物，某些人觉得美，某些人觉得不是很美甚至于丑？美的本质究竟是什么？它和真与善有什么联系又有什么区别？人为什么爱美？美对于人有什么意义？怎样才能把事物弄得更美一点，把生活弄得更美一点？我想，对这些问题如果得到圆满的答复，美学就算学得不坏了。回答这些问题，就是把感性认识提高到理性认识，就是建立美学观点。每个人都是一个审美者，每个人在这个基础上进行一些比较、分析和综合的思考工作，每个人就可以成为一个美学家。

照这样看，美学是不难学的。可是许多美学论文和美学书籍为什么那样难懂？这里过错有时在作者，他们研究美学是单从书本出发的，单从概念出发的，他们没有把理论建筑在亲切的感性经验的基础上，他们自己没有想清楚，就说不清楚，当然也就无法叫旁人听清楚。过错有时也在读者，对于比较、分析和综合的思考工作，或是基本知识不够，基本技能训练不够；或是耐心不够，虚心不够，诚实不够；或是兼而有之。

在这里我只向读者或初学美学者谈一些基本要求。刚提到的耐心、虚心和诚实，是一切科学研究工作者所必具有的美德，但是这是提高思想觉悟的问题，在这方面不必由我来谈。我只谈基本知识和技能的问题。

关于美学方面的基本知识，首先要注意的是感性认识范围的逐渐扩大。美学的主要对象是文艺。在我们的百花齐放的国家里，可接触到的文艺现实是极其丰富多彩的，应该抓住一切可能的机会，多看文艺方面的作品、演出和展览，细心玩索体会，要求自己辨别好坏美丑，培养自己的审美能力。如果有可能，自己在某一两门艺术里进行一些创作，对创作有一些亲身的体会，那就远比只知欣赏强，而且会大大提高欣赏的能力，也会大大提高对艺术本质的认识，会在其中发现一些美学问题。在广泛接触现实文艺的基础上，我们下一步就应该选择自己比较熟悉和比较爱好的一门或两门艺术，进行顺历史发展次第的研究。这一方面是为了在亲身学习经验中培养历史发展的观点，这不但会扩大开放研究资料的范围，更重要的是因为历史观点是研究社会科学的唯一正确的观点；另一方面是为了古典遗产的批判继承，吸收一些有用的旧的东西，以便更好地建立新的东西。这种顺历史发展的线索研究文艺作品的工作，首先当然要从本国的入手，然后设法顺序学习这一两门文艺在西方主要国家里的发展概况。

在设法逐渐扩大对于文艺的感性认识范围之中，我们就会逐渐发见一些问题。举诗为例来说吧，诗的语言何以和散文的语言不同？这不同在多大程度上决定于内容？在多大程度上决定于传统的民族形式？诗的形式何以经常在变？诗所产生的美感究竟是来自形式、内容，还是内容与形式的统一体？何以有些诗在社会基础彻底变革了之后仍为广大人民所共同爱好？何以有些诗只是某一时期或某一阶层的人才爱好？如此等等。这些问题都要牵涉到美学上的基本问题。美学像其他科学一样，是为解决问题的。有问题待解决，一门科学才有存在和发展的基础。如果你心中对审美活动没有任何问题，你对美学就还没有真正的需要，也就不会真正感觉到兴趣。你之所以没有问题，并不是客观方面真正没有问题，而是因为你还真正是"一窍不通"。你之所以还是"一窍不通"，不是因为你书读得少，而是因为你是懒汉，对许多摆在眼前的事物根本不加思考，因而也就还没有培养起独立思考的能力。我认为学习美学或是任何其他科学，首先就要打通这一关：扩大眼界，发见问题，并且力求自己解决问题。这就是说，在阅读美学书籍之前，你最好心里有了一系列问题，而且对这一系列的问题多少已有了自己的看法（尽管是不成熟的），在这个基础上去读书，书就容易读得进去，书对于你才是有的放矢，才能有所启发。结合书中的看法来比较你原有的看法，看看有哪些类似，有哪些不同，有哪些看法是你从来就没有想到的,这样进行比较分析,你就会发现愈来愈多的问题以及你原来还不知道的解决问题的角度和方法,你的思考就会逐渐深入,你的美学水平也就会逐渐提高。

学美学单靠自己思考是不够的,当然也要阅读一些书籍。美学不是一门孤立的学问,单靠阅读美学书籍,也决不能学通美学。这就要牵涉到读者来信所询问的第二项问题:学习些什么? 读些什么书?

我不打算在这里开出一个庞大的书目。这不但是不必要的,而且对于初学者是有害的,因为它会使人望洋兴叹。我在这里只提出最基本的要求。根据我自己的经验,多读第二手资料(即原著的转述或发挥)往往不但是浪费时间,而且容易造成思想的混乱。因此,我所提的大半限于最重要的经典性的原著,只偶尔涉及转述性或阐明性的书籍。

关于理论基础的训练,首先是对马克思列宁主义的掌握,因为只有根据马克思列宁主义的立场、观点和方法,才能建立起正确的美学观点。我假定我们的读者都已学过马克思列宁主义的哲学,只谈马克思主义创始人关于文艺理论和美学的著作。我们已有了几种马克思、恩格斯论文艺的选本。曹葆华同志译的一种《马克思恩格斯论艺术》是比较有用的。每个学美学的人都应该找到一部,作为长期细心钻研的经典性的指示。不过这部书也有些毛病,例如在编排方面很庞杂,大半是割裂原文,断章取义,看不出与上下文的连贯,而且一段同时涉及许多问题的文章被勉强纳在某一类的鸽子笼里,也会限制读者的思路;译文也有生硬或错误的地方,有待改进。我认为学习马克思列宁主义的美学观点，必须从经典原著里去学习。在这方面真正重要的首先是马克思的《1844年经济学哲学手稿》（其中论劳动异化和共产主义远景两章是马克思主义美学思想的奠基石）；其次是马克思在《〈政治经济学批判〉导言》里以及马克思和恩格斯在《德意志意识形态》里关于基础和上层建筑以及社会分工所建立的一些原则；第三是列宁的《党的组织和党的文学》和评论托尔斯泰的几篇文章；第四是毛泽东同志的《在延安文艺座谈会上的讲话》。对这几种经典著作必须掌握全文，熟读深思，不应满足于选本中的一些割裂开来的段落。特别是马克思的早年著作，一般是很难懂的，但是如果就全书上下连贯起来看，有些难懂的地方是可以经过反复思考而真正弄懂的。读割裂开来的段落就难做到这一点。

其次应该学习的是美学史。美学作为一门独立的科学，虽然还不过两百年左右，但是美学思想在中国和西方都有很长久的历史。学习美学史，我们就会认识到美学思想的发展，就会知道我们现在所碰到的和要解决的一些美学问题已经由过去许多思想家摸索过，争论过；他们走了一些弯路，也走了一些正路，积累了许多有益的经验。这些知识对解决我们当前的美学问题是大有帮助的。我们要当美学家，就要理清美学的家当，不必一切都凭空起炉灶，或是再走前人所已走过的弯路。中国美学史正由有关院校在整理资料，计划编写中。西方美学史我所看过的还是克罗齐和鲍申葵所写的两种，根据比较确凿，自己也有些见解，尽管这些见解有时很偏，但都不难读,特别是鲍申葵的。比较近的基尔博特和库恩(Gilbert and Kuhn)的《美学史》,材料搜集得不少,但是介绍得很杂乱,分析很差(这书原著用英文,有俄文译本)。有些美学教科书里也留出一部分来讲美学史,我看过两三种,都嫌简略。很少能把问题讲透。我自己在针对中国初学者的需要,编写一部《西方美学史》,附带编选一部《西方美学史资料》,希望在1962年秋季完成。不过学习美学史,最重要的途径还是通过经典著作来学。在西方,美学的著作虽是浩如烟海,真正在历史上起重大影响的只有几部著作,例如柏拉图的《文艺对话集》、亚里士多德的《诗学》、康德的《判断力批判》和黑格尔的《美学》。康德和黑格尔的著作都比较难懂,特别是从译文去理解,困难更大。因此,对有志在美学方面深造的人来说,学习一两种西方语言,能达到自由阅读的程度,是非常必要的。多学会一种外国文,就等于多长了一双眼睛,有多占领一块土地的可能。

以上所举的四种马克思主义的文艺理论,美学的经典著作和四种西方美学史的经典著作,是学习美学者所必须掌握的"当家书"。此外当然还有一些次要的富于启发性的书,例如贺拉斯的《诗艺》、狄德罗的论美和论戏剧的著作,莱辛的《拉奥孔》、车尔尼雪夫斯基的《生活与美学》、普列汉诺夫的《艺术与社会生活》等,或是已出单行本,或是散见于《文艺理论译丛》和《译文》及其后身《世界文学》里,读者宜设法搜来作为经常阅读和参考的资料。

美学要牵涉到一些其他科学。其中最重要的有两种。一种是哲学史,因为美学过去一直是隶属于哲学的,要了解一个思想家的美学观点，就必须知道他的哲学出发点。苏联科学院出的《哲学史》一、二两卷可以参考。其次是心理学，因为美学要研究的审美活动的欣赏和创造两方面，都涉及心理学的问题，可以说，不懂得心理学，就不可能懂得美学。这方面近来出的书不少，究竟哪一种比较合适，还要请教心理学专家。我过去学的都是西方资产阶级学者写的，也想不出哪一本较好。在我学习的年代，美国伍德华兹（Woodworth）写的《心理学》和英国麦独孤（McDougall）的《变态心理学纲要》是比较流行的，现在恐怕已经过时了。法国里波（Ribot）论形象思维的《创造的想象》和德拉库瓦（Delacroix）的《艺术心理学》虽都是几十年以前的老书，却都还值得学习。

　　无论是谁，无论学的是哪一种科学，在前进的途程中都会经常感觉到由于这门或那门知识的缺乏，造成这样或那样的困难。这是一般规律。各人应该根据自己的需要和条件，努力随时填补自己所必须填补的空白点。在学习上不可能等到万事俱备，再乘东风。每个人的基础都不是生来就有的，都是由日积月累来的。只要有上文所提到的耐心、虚心和诚实，旁人能积累得来的，我们也就能积累得来。稳扎稳打，就一定会成功。"望洋兴叹"的怯懦心情以及希望"一蹴而就"的急躁情绪，对学习是有害的。

　　我敬祝无数热情学习美学的青年同志们再接再厉，勇猛前进，每个人争取在我们行将建立的美学大厦里放下一块奠基石或是砌上一块砖瓦！这就是我对诸位的新春祝贺！

消除烦闷与超脱现实

王君光祈在本志《学生》(生活号)发表的《中国人之生活颠倒》那篇文章,把青年烦闷之最大原因,可算说得透辟极了。不过王君的娓娓动听的文笔很遮盖一些美中不足。人生各时期有各时期的嗜好,要有机会自由发展,免得斫丧生机。这话固然含有至理。但是假使吾人都能及时行乐,不致有"过时之感",世间便可以没有烦闷苦恼吗?在王君的意见,欧洲人无论男女老幼都及时行乐,所以他们的生活最愉快。但是我们研究欧洲近代文学,似乎觉得欧洲人心窝里也还有许多忧愁愤懑。罗素到中国看见农夫走贩,和寺庙里罗汉菩萨一样,都满面带着笑容,以为中国人是最能快乐的一个民族,非欧洲人梦想所能及。从这点看起来,各人自己的苦乐,只有各人自己心里晓得。我们不能假定欧洲人没有过时之感,所以就没有烦闷;而推论到烦闷的原因完全由于过时之感,只要及时行乐,便不会有烦闷。

理想上可然的事情,没有限制,事实上竟然的事情,就要受环境的因果律支配。欲望跟着理想走,是一件随时伸缩不可厌足的东西,背着太阳走路,影子比身子总要前一步。欲望和行乐的关系,也很像影子和身子。你今天及时行乐吗?你的欲望已跑前一步了。

假使明天有机会厌足今天的欲望，后天又有机会厌足明天的欲望，如此辗转下去，有求必应；那么，烦闷自无从发生，王君的原理，自然可以成天经地义。但是世事不尽由人算。实际上我们许多的梦想，到底都石沉云散归于乌有。欲望不厌足，就是失望的代名词；失望又可以说是烦闷的代名词。那么，因为乐到这步田地，望到那步田地，失望便烦闷；我们可以说，今天行乐便种下明天烦闷的种子。这样凭空说话，人家或者要骂我玄之又玄。现在说一个具体的例子。吃早饭没中饭的穷措大，看见别人食前方丈，便以为到了这步田地，就尽了人生之乐事了。但是他既然狂饮大嚼，看见坐高车驱驷马的人，又想那个人何等阔绰！他自己还没有尝过这种滋味咧！不多会儿，他有马车坐了，又想没有一个很亲爱的很美貌的妻子，人生究竟还没有真正的乐趣。好了，他现在有了妻子了。伉俪间闲情逸致，南面王也不能易其乐呀！可是过了几年，姣且好者变成老而丑了。他又想，"嗳！这究竟还不是我的理想的至乐"。以前希望一件就有一件，尚不免有些儿无聊赖。倘若希望这件，得不了这件，希望那件，得不了那件，生活不更加干燥无味，不更加惹人烦闷吗？实际上失望比得意似乎较普通一点。照我们的理想，世界应该不仅是如此如此。然而现实偏偏不由人算，走它自己的路。感情冷淡的人对于这般情景，还不觉得什么无可奈何，至多不过叹口气说："天实为之，于人何尤！"于是就这样了事。可是在富于感情的人看他们亲爱的梦想都不能实现，便有些儿不服气。现实比冰还冷，比铁还硬，哪管你服气不服气哟？现实越发不如人期望，人生就越发干燥无味。于是失望，丧气，悲观，厌世……都蜂拥而来了。总而言之，烦闷生于不能调和理想和现实的冲突。

少年气盛的人总说"什么烦闷呀，什么调和理想与现实的冲突呀，都是懦夫口里说的话。因为社会黑暗，环境困难，我们才不虚生。不然，我们生在世间就专为过太平日子吗？别的人尽管烦闷，我呢，决不屑失望和悲观。我以为人生任务只有奋斗。奋斗到征服环境为止"。我也是极端主张和环境奋斗的一个小卒，可是我同时也相信环境是极不容易征服的。

你看这一阵和环境奋斗过的人！他们面目上毫没有温热气和闪烁的光彩了。或者他们的头脑中也不复有什么高尚的意志和坚强的决心之吧！殷仲堪有一天在园里看见一棵枯树，便深深叹一口气说："此树婆娑，生意尽矣！物犹如此，人何以堪？"看见没生气的冷冰的行尸走肉，怎么不叫人作同样的感想！但是，我们如何能瞧他们不起。十年前他们也和你和我一样，也很兴会淋漓地用热心毅力去干事，也很有百折不挠的气概咧，不过现在环境把他们征服了罢了。

你再看这一阵和环境奋斗过的人！他们看见世事一天坏似一天，心里虽然不服气，可是心力俱瘁无可如何。每个人都在那边愁着眉毛叹气。这个人说："神州莽莽，阴霾四布。流离浩劫，人间何世！"那个人说："皇皇大陆，吾人将于何处觅一片干净土耶！"这个人想，像这样活着，倒不如死，还是把万事丢开，投海去罢。那个人想，世事已不堪问，我姑且寄情于醇酒妇人，借以消愁解闷吧！

嗳！谁晓得这种悲观哲学消磨了几多有用之材哟？但是，我们且慢些去怜惜。他们十年前也像你和我一样，也很抱乐观，也时常说，长夜漫漫，终有时旦，只要精诚贯彻，金石都自然会破裂咧。不过现在环境把他们征服了罢了。

我们说话论事，一方面要顾及当然，一方面也要顾及可然。就当然说，环境要降服，理想才可以实现。但是环境如何可以征服，我们也不可不注意。许多人起初都发愿要征服环境，何以后来大半反为环境征服？我们自然会说，因为他们的精神不能坚持到底。但是，他们的精神何以不能坚持到底？我们可以说，因为他们的精神不能超脱现实。一个人如果只能在现实界活动，现实如果顺遂，他自然可以快乐；但是现实如果使他的活动不成功，而他又没有别条路可以去求慰安，他自然要失望悲观。但是，倘若他的精神能够超脱现实，现实的困难当然不能叫他屈服，因为他还可以在精神界求慰安。现实既然不能屈服他的精神，那么，他自然可以坚持到底和环境奋斗了。

超脱现实的方法也很多。最普通的要算宗教信仰。现世一切苦恼不用说吧！灵魂不灭，来世的天堂快乐还不晓得有多么可爱。现在不过是时间的太仓一粟。我们撑持肉体活着，是一件极偶然的现象。在这个撑持肉体活着一顷间，就有一些儿苦痛，那值得愁眉蹙额？不错，现世一切奋斗，眼前似乎没有大的效果。但是，我们不必因此失望灰心，我们现在不过是播种子，将来一定有岁物丰成的日子。这些话是极浅近的极普通的宗教信仰。我自己既不是一个教徒，也不敢和打维护科学招牌的人搬唇舌。不过我很忠实地相信纯粹的宗教对于人类,利害相权,还是利多害少。倘若现世的苦乐不能叫普通人趋善避恶,而宗教能够做这件事,为什么宁愿普通人做过恶不去信仰宗教?假使大家都觉得现世烦恼,假使宗教可以安慰他们的精神,为什么把烦恼的人逼到山穷水尽,不知去向?我也十分相信宗教原来是一种自欺。可是这究竟根于人性,不可免的。心理学家对我们说过,就是通常所谓理智(rationalization),也大半是自欺的结果,你说宗教靠不住,理智又靠得住吗?人类行为大部分都受感情支配。事前并不很揣摩为什么要这样做。事后追维,才找出一些理由来解释庇护自己的以往举动。这种理由和以往举动或毫无关系,不过姑且拉来自宽怀抱罢了。在理论上,吾人生活当全然受理性支配,但是在实际上,吾人生活是不受理性支配的。因为无意识和感情在那儿默化潜移,意识的防范实在鞭长不及马腹。所以想养成道德的习惯,与其锻炼理智,不如陶冶感情。宗教也是一种陶冶感情的工具。宗教何以能陶冶感情呢?感情是一件极活泼的东西,如果不得寄托的处所,来自由活动,便会游离不定。感情游离不定,结果就是精神失常,小而烦闷,大而疯癫。宗教的长处,就在能把游离不定的感情引到一个安顿的地方。这种陶淑作用(sublimation),弗洛伊德(Freud)和荣格(Jung)一派的心理学家说得非常透辟,我在这里也无须多话。不过添一句话代宗教辩护:托尔斯泰、甘地一流的人物,如果没有宗教做他们的精神元素,他们的生活决不像那样可爱,那样能感发兴起;希伯来和穆斯林两个民族,如果没有宗教做团结的线索,他们已经早当让极艰苦的环境征服了。

这番话谈给科学成见很深的人听，或者不能叫他们相信。那么，他们如果想解除烦闷，就要在美术中寻慰情剂，因为美术也很能使人超脱现实的。美术何以使人能超脱现实呢？一、就创作美术的人说，美术虽借现实做资料，但是对于资料的应用支配，美术家能够本自己的创造理想，伸缩自由。在现实范围里说话，空中决计不能起楼阁。美术便没有这种限制。所以现实界不能实现的理想，在美术中可以有机会实现。二、就欣赏美术的人说，美术能引起快感，而同时又不会激动进一步的欲望；一方面给心灵以自由活动的机会，一方面又不为实用目的所扰。譬如在实际上看见一个美人，占有欲就蠢蠢欲动。但是看雷阿那多·达·芬奇画的《蒙娜丽莎》，如果曾经受过美术的陶冶，那时心神只像烟笼寒水，迷离恍惚，把世界上一切悲欢苦乐遗忘净尽了，还有什么欲望？我有一次劝一个学数理的朋友偷暇学一点文学，或者他的心绪不像那样干枯烦燥；他说："写实派文学把黑暗世界越发写得黑暗，读这种文学不叫人更悲观吗？"我虽然觉得我生平所经过的极乐心境，是在深夜读含有悲剧元素的文字；但是我那时不能对这位朋友解释这种心理作用，所以我的朋友把我的忠告置之一笑就算了。后来读爱宾浩斯（Ebbinghaus）的心理学美术章，才恍然大悟。吾人生机时时刻刻求活动。生机发泄，感觉愉快；生机抑郁，感觉烦闷。所以遇着悲痛，哭一场就消了劲。生机不一定要在现实界才能发泄，美术也是一个极好的发泄生机的尾闾。在美术中发泄生机，所感的快乐比在现实界还更加纯粹深厚，因为没有实用的目的来滋扰。譬如在现实界看见父子三人都被恶蛇捆绞在一起，心里只有恐惧、哀矜种种的不快之感。可是欣赏希腊著名雕刻《拉奥孔》(Laocoon)，这种哀矜、恐惧虽还有若干存在，但是它们都变成愉快的感觉了。这就是因为心里没有实用目的来烦扰。哀矜、恐惧两种感情发泄了，然而心目中没有生死存亡的念头，没有逃脱抵抗的打算，所以虽哀矜、恐惧而还能十分愉快。普通人在饮食男女、名誉权力场合中生机受了挫折，便不知道向他方面求发泄，所以抑郁，所以烦闷。谁肯宣传美术的福音来救济这些无数在苦海中挣扎的失望者呢？

美术不但可以使人超脱现实，还可以使人在现实界领悟天然之美，消受自在之乐。自然界有多少美致，人生有多少妙趣，在粗心浮气的人看，都忽略过去。经美术家一指点，美就确乎是美，妙就确乎是妙。谁没有看过流水？不过在普通人看，流水只是流水罢了，孔子一看到，便叹气说："逝者如斯夫，不舍昼夜！"这样一指点，滚滚东流的水便含有无限生机，无限悲感。谁没有看见鸟鹊在树林里度日子？陶渊明看见，便推出一种极乐的人生观哲学。"众鸟欣有托，吾亦爱吾庐"两句诗把宇宙写得多么可爱？美术家不但在花明风惠的境界，可以领略鱼跃鸢飞的乐趣，就是在极细微处——甚且在极悲惨处——也能寻出赏心乐事。托尔斯泰是一个最好例子。在他的《战争与和平》里面，那位彼得在牢狱中饥寒交迫，人生之苦，无不备尝。但是他一天看见天上月明如水，牢狱四围的园林山谷都空蒙澄澈，一望无际，他就恍然觉悟人生的至乐，不是环境可以磨灭的。在他的《神在爱所在》那篇小说里，一个极穷苦的鞋匠梦见上帝要到他家里来，从天早候到天晚，只有一个扫雪的苦工来分他房子里的暖气，和一个抱着呱呱哭的孩子的丐妇来分他的几粒豆饭。他就因而觉悟神在爱所在的道理，心里便二十四分的畅快。这不过是偶尔想出来几个例子。其实我所见到的何及恒河一粒沙哟！我相信人肯受美术陶冶，世界和人生决不至干燥无味。烦闷无形消灭，自然不消说了。

除宗教家和美术家以外，最能超脱现实的要算是婴儿。他们高起兴来，就结队搬砖弄瓦呀，捉迷藏呀……玩得不公平，便打一个痛快架，打痛了，便索性地哭一场。哭过了，就揩干眼泪，开笑脸再去做别的玩意儿。他们天真烂漫，完全趁着一时的兴会做事，绝对不瞻前顾后，所以他们生活最愉快。人生快乐倘若想完备，一定要保存一点孩子气，这种孩子气应用非常之广。孔子有一天问门下弟子的志愿，许多人都说一些什么兴邦治国。曾点一个人却说，"春服既成，冠者五六人，童子六七人，浴乎沂，风乎舞雩，咏而归"。孔子听过，便不迟疑地宣布"吾与点也"。曾点的长处就在能保一种天真烂漫的孩子气。孔子称许他，或则也因为"大人者无失其赤子之心"吧。王徽之的故事也是一个好例子。有一晚雪后初晴，月亮照得非常光澈。他忽然想到他的朋友处谈谈心。立刻间他就撑只船去了。不多会儿到他朋友的门口了，他忽然地又抽身转去。人问他的缘故，他说，我"乘兴而来，兴尽而返"。何足为奇？像一流人物才晓得人生在世，怎样才能怡情养性，无沾无碍咧！有些人或者骂这种习惯带着臭名士气。他们自然也许有他们的高见。不过我想这种天真烂漫无沾无碍的气象倘若不用到过分，实在对于精神的卫生有许多裨益。人的精力无论属于精神方面或者身体方面，都有一个限度。譬如弓弦，拉到满引的时候，倘若不放松点，怎么可以再加力？纵使再加力，怎么能不崩折？普通人无论何时何地都一样的认真到底，不能稍稍放肆一点，所以容易倦怠，容易灰心。孩子气的好处就在有时使人偶尔把现实的重载卸在旁边，让心灵偷点空儿休息，好预备再出力。

这三个方法，我个人认为可以超脱现实，解除烦闷。别人——科学家和哲学家——也许在别的地方寻出超脱现实、解除烦闷的方法，不过我没有经验，不能说话。我和王君光祈的出发点都是给生机以自由活动的机会。不过王君着重的是人生各时期有各时期的嗜好，要随时厌足。所以王君似乎主张生机只可以在现实界活动；如果现实界活动不成功，便使人生烦闷。我的主张是一种补充的办法。我以为生机不仅可以在现实界活动，如果在现实界受了挫折，不一定使人生烦闷，因为他还可以超脱现实在精神界求慰安。就积极方面说，超脱现实，就是养精蓄锐，为征服环境的预备；就消极方面说，超脱现实，就是消愁遣闷，把乐观、热心、毅力都保持住，不让环境征服。在我国现在状况之下，谁晓得有多少失望者与悲观者？我很惭愧这篇文章不能把超脱现实的道理说得透彻，使他们感发兴起；但是我很希望享受过精神上的至乐的人多用工夫来宣传超脱现实的福音，来救济众生咧。

（载《学生杂志》第十卷第五期，1923年4月）

朝抵抗力最大的路径走

　　我提出这个题目来谈，是根据一点亲身的经验。有一个时候，我学过做诗填词。往往一时兴到，我信笔直书，心里想到什么，就写什么，写成了自己读读看，觉得很高兴，自以为还写得不坏，后来我把这些处女作拿给一位精于诗词的朋友看，请他批评，他仔细看了一遍后，很坦白地告诉我说："你的诗词未尝不能做，只是你现在所做的还要不得。"我就问他："毛病在哪里呢？"他说："你的诗词都来得太容易，你没有下过力，你欢喜取巧，显小聪明。"听了这话，我捏了一把冷汗，起初还有些不服，后来对于前人作品多费过一点心思，才恍然大悟那位朋友批评我的话真是一语破的。我的毛病确是在没有下过力。我过于相信自然流露，没有知道第一次浮上心头的意思往往不是最好的意思，第一次浮上心头的词句也往往不是最好的词句。意境要经过洗练，表现意境的词句也要经过推敲，才能脱去渣滓，达到精妙世界。洗练推敲要吃苦费力，要朝抵抗力最大的路径走。福楼拜自述写作的辛苦说："写作要超人的意志，而我却只是一个人！"我也有同样感觉，我缺乏超人的意志，不能拼死力往里钻，只朝抵抗力最低的路径走。

　　这一点切身的经验使我受到很深的感触。它是一种失败，然而从这种失败中我得到一个很好的教训。我觉得不但在文艺方面，就在立身处世的任何方面，贪懒取巧都不会有大成就，要有大成就，必定朝抵抗力最大的路径走。

"抵抗力"是物理学上的一个术语。凡物在静止时都本其固有"惰性"而继续静止，要使它动，必须在它身上加"动力"，动力愈大，动愈速愈远。动的路径上不能无抵抗力，凡物的动都朝抵抗力最低的方向。如果抵抗力大于动力，动就会停止，抵抗力纵是低，聚集起来也可以使动力逐渐减少以至于消灭，所以物不能永动，静止后要它续动，必须加以新动力。这是物理学上一个很简单的原理，也可以应用到人生上面。人像一般物质一样，也有惰性，要想他动，也必须有动力。人的动力就是他自己的意志力。意志力愈强，动愈易成功；意志力愈弱，动愈易失败。不过人和一般物质有一个重要的分别：一般物质的动都是被动，使它动的动力是外来的；人的动有时可以是主动，使他动的意志力是自生自发、自给自足的。在物的方面，动不能自动地随抵抗力之增加而增加；在人的方面，意志力可以自动地随抵抗力之增加而增加，所以物质永远是朝抵抗力最低的路径走，而人可以朝抵抗力最大的路径走。物的动必终为抵抗力所阻止，而人的动可以不为抵抗力所阻止。

照这样看，人之所以为人，就在能不为最大的抵抗力所压服。我们如果要测量一个人有多少人性，最好的标准就是他对于抵抗力所拿出的抵抗力，换句话说，就是他对于环境困难所表现的意志力。我在上文说过，人可以朝抵抗力最大的路径走，人的动可以不为抵抗力所阻。我说"可以"不说"必定"，因为世间大多数人仍是惰性大于意志力，欢喜朝抵抗力最低的路径走，抵抗力稍大，他就要缴械投降。这种人在事实上失去最高生命的特征，堕落到无生命的物质的水平线上，和死尸一样东推西倒。他们在道德学问事功各方面都决不会有成就，万一以庸庸得厚福，也是叨天之幸。

人生来是精神所附丽的物质，免不掉物质所常有的惰性。抵抗力最低的路径常是一种引诱，我们还可以说，凡是引诱所以能成为引诱，都因为它是抵抗力最低的路径，最能迎合人的惰性。惰性是我们的仇敌，要克服惰性，我们必须动员坚强的意志力，不怕朝抵抗力最大的路径走。走通了，抵抗力就算被征服，要做的事业就算成功。举一个极简单的例子。在冬天早晨，你睡在热被窝里很舒适，心里虽知道这应该是起床的时候而你总舍不得起来。你不起来，是顺着惰性，朝抵抗力最低的路径走。被窝的暖和舒适，外面的空气寒冷，多躺一会儿的种种借口，对于起床的动作都是很大的抵抗力，使你觉得起床是一件天大的难事。但是你如果下一个决心，说非起来不可，一耸身你也就起来了。这一起来事情虽小，却表示你对于最大抵抗力的征服，你的企图的成功。

这是一个琐屑的事例，其实世间一切事情都可作如此看法。历史上许多伟大人物所以能有伟大成就者，大半都靠有极坚强的意志力，肯向抵抗力最大的路径走。例如孔子，他是当时一个大学者，门徒很多，如果他贪图个人的舒适，大可以坐在曲阜过他安静的学者的生活。但是他毕生东奔西走，席不暇暖，在陈绝过粮，在匡遇过生命的危险,他那副奔波劳碌栖栖遑遑的样子颇受当时隐者的嗤笑。他为什么要这样呢? 就因为他有改革世界的抱负,非达到理想,他不肯甘休。

《论语》长沮桀溺章最足见出他的心事。长沮、桀溺二人隐在乡下耕田,孔子叫子路去向他们问路,他们听说是孔子,就告诉子路说:"滔滔者天下皆是也,而谁以易之!"意思是说,于今世道到处都是一般糟,谁去理会它,改革它呢! 孔子听到这话叹气说:"鸟兽不可与同群,吾非斯人之徒与而谁与? 天下有道,丘不与易也。"意思是说,我们既是人就应做人所应该做的事;如果世道不糟,我自然就用不着费气力去改革它。孔子平生所说的话,我觉得这几句最沉痛、最伟大。长沮、桀溺看天下无道,就退隐躬耕,是朝抵抗力最低的路径走,孔子看天下无道,就牺牲一切要拼命去改革它,是朝抵抗力最大的路径走。他说得很干脆:"天下有道,丘不与易也。"

再如耶稣,从《新约》中四部《福音》看,他的一生都是朝抵抗力最大的路径走。他抛弃父母兄弟,反抗当时旧犹太宗教,攻击当时的社会组织,要在慈爱上建筑一个理想的天国,受尽种种困难艰苦,到最后牺牲了性命,都不肯放弃他的理想。在他的生命史中有一段是一发千钧的危机。他下决心要宣传天国福音后,跑到沙漠里苦修了四十昼夜。据他的门徒的记载,这四十昼夜中他不断地受恶魔引诱。恶魔引诱他去争尘世的威权,去背叛上帝,崇拜恶魔自己。耶稣经过四十昼夜的挣扎,终于拒绝恶魔的引诱,坚定了对于天国的信念。从我们非教徒的观点看,这段恶魔引诱的故事是一个寓言,表示耶稣自己内心的冲突。横在他面前的有两条路:一是上帝的路,一是恶魔的路。走上帝的路要牺牲自己,走恶魔的路他可以握住政权,享受尘世的安富尊荣。经过了四十昼夜的挣扎,他决定了走抵抗力最大的路——上帝的路。

我特别在耶稣生命中提出恶魔引诱的一段故事,因为它很可以说明宋明理学家所说的天理与人欲的冲突。我们一般人尽善尽恶的不多见,性格中往往是天理与人欲杂糅,有上帝也有恶魔,我们的生命史常是一部理与欲、上帝与恶魔的斗争史。我们常在歧途徘徊,理性告诉我们向东,欲念却引诱我们向西。在这种时候,上帝的势力与恶魔的势力好像摆在天平的两端,见不出谁轻谁重。这是"一发千钧"的时候,"一失足即成千古恨",一挣扎立即可成圣贤豪杰。如果要上帝的那一端天平沉重一点,我们必须在上面加一点重量,这重量就是拒绝引诱,克服抵抗力的意志力。有些人在这紧要关头拿不出一点意志力,听惰性摆布,轻轻易易地堕落下去,或是所拿的意志力不够坚决,经过一番冲突之后,仍然向恶魔缴械投降。例如洪承畴本是明末一个名臣,原来也很想效忠明朝,恢复河山,清兵入关后,大家都预料他以死殉国,清兵百计劝诱他投降,他原也很想不投降,但是到最后终于抵不住生命的执着与禄位的诱惑,做了明朝的汉奸。再举一个眼前的例子,汪精卫前半生对于民族革命很努力,当这次抗战开始时,他广播演说也很慷慨激昂。谁料到他的利禄熏心,一经敌人引诱,就起了卖国叛党的坏心思。依陶希圣的记载,他在上海时似仍感到良心上的痛苦,如果他拿出一点意志力,及早回头，或以一死谢国人，也还不失为知过能改的好汉。但是他拿不出一点意志力，就认错做错，甘心认贼作父。世间许多人失节败行，就像汪精卫、洪承畴之流，在紧要关头，不肯争一口气，就马马虎虎地朝抵抗力最低的路径走。

这是比较显著的例，其实我们涉身处世，随时随地目前都横着两条路径，一是抵抗力最低的，一是抵抗力最大的。比如当学生，不死心踏地去做学问，只敷衍功课，混分数文凭；毕业后不拿出本领去替社会服务，只奔走巴结，夤缘幸进，以不才而在高位；做事时又不把事当事做，只一味因循苟且，敷衍公事，甚至于贪污淫逸，遇钱即抓，不管它来路正当不正当——这都是放弃抵抗力最大的路径而走抵抗力最低的路径。这种心理如充类至尽，就可以逐渐使一个人堕落。我常穷究目前中国社会腐败的根源，以为一切都由于懒。懒，所以苟且因循敷衍，做事不认真；懒，所以贪小便宜，以不正当的方法解决个人的生计；懒，所以随俗浮沉，一味圆滑，不敢为正义公道奋斗；懒，所以遇引诱即堕落，个人生活无规律，社会生活无秩序。知识阶级懒，所以文化学术无进展；官吏懒，所以政治不上轨；一般人都懒，所以整个社会都"吊儿郎当"，暮气沉沉。懒是百恶之源，也就是朝抵抗力最低的路径走。如果要改造中国社会，第一件心理的破坏工作是除懒，第一件心理的建设工作是提倡奋斗精神。

生命就是一种奋斗，不能奋斗，就失去生命的意义与价值；能奋斗，则世间很少不能征服的困难。古话说得好，"有志者事竟成"。希腊最大的演说家是德摩斯梯尼，他生来口吃，一句话也说不清楚，但他抱定决心要成为一个大演说家，他天天一个人走到海边，向着大海练习演说，到后来居然达到了他的志愿。这个实例阿德勒派心理学家常喜援引。依他们说，人自觉有缺陷，就起"卑劣意识"，自耻不如人，于是心中就起一种"男性的抗议"，自己说我也是人，我不该不如人，我必用我的意志力来弥补天然的缺陷。阿德勒派学者用这原则解释许多伟大人物的非常成就，例如聋子成为大音乐家，瞎子成为大诗人之类。我觉得一个人的紧要关头在起"卑劣意识"的时候。起"卑劣意识"是知耻，孔子说得好，"知耻近乎勇"。但知耻虽近乎勇而却不就是勇。能勇必定有阿德勒派所说的"男性的抗议"。"男性的抗议"就是认清了一条路径上抵抗力最大而仍然勇往直前，百折不挠。许多人虽天天在"卑劣意识"中过活，却永不能发"男性的抗议"，只知怨天尤人，甚至于自己不长进，希望旁人也跟着他不长进，看旁人长进，只怀满肚子醋意。这种人是由知耻回到无耻，注定地要堕落到十八层地狱，永不超生。

能朝抵抗力最大的路径走，是人的特点。人在能尽量发挥这特点时，就足见出他有富裕的生活力。一个人在少年时常是朝气勃勃，有志气，肯干，觉得世间无不可为之事，天大的困难也不放在眼里。到了年事渐长，受过了一些磨折，他就逐渐变成暮气沉沉，意懒心灰，遇事都苟且因循，得过且过，不肯出一点力去奋斗。一个人到了这时候，生活力就已经枯竭，虽是活着，也等于行尸走肉，不能有所作为了。所以一个人如果想奋发有为，最好是趁少年血气方刚的时候，少年时如果能努力，养成一种勇往直前、百折不挠的精神，老而益壮,也还是可能的。

一个人的生活力之强弱,以能否朝抵抗力最大的路径为准,一个国家或是一个民族也是如此。这个原则有整个的世界史证明。姑举几个显著的例,西方古代最强悍的民族莫如罗马人,我们现在说到能吃苦肯干,重纪律,好冒险,仍说是"罗马精神"。因其有这种精神,所以罗马人东征西讨,终于统一了欧洲,建立一个庞大殖民帝国。后来他们从殖民地获得丰富的资源,一般罗马公民都可以坐在家里不动而享受富裕的生活,于是变成骄奢淫逸,无恶不为,一到新兴的"野蛮"民族从欧洲东北角向南侵略,罗马人就毫无抵抗而分崩瓦解。再如清朝,他们在入关以前过的是骑猎生活,民性最强悍,很富于吃苦冒险的精神,所以到明末张李之乱社会腐败紊乱时,他们以区区数十万人之力就能入主中夏。可是他们做了皇帝之后,一切皇亲国戚都坐着不动吃皇粮,享大位,过舒服生活,不到三百年,一个新兴民族就变成腐败不堪,辛亥革命起,我们就轻轻易易地把他们推翻了。我们如果要明白一个民族能够堕落到什么地步,最好去看看北平的旗人。

我们中华民族在历史上经过许多波折,从周秦到现在,没有哪一个时代我们不遇到很严重的内忧,也没有哪一个时代我们没有和邻近的民族挣扎,我们爬起来蹶倒,蹶倒了又爬起,如此者已不知若干次。从这简单的史实看,我们民族的生活力确是很强旺,它经过不断的奋斗才维持住它的生存权。这一点祖传的力量是值得我们尊重的。

于今我们又临到严重的关头了。横在我们面前的只有两条路，一是汪精卫和一班汉奸所走的，抵抗力最低的，屈服；一是我们全民族在蒋委员长领导之下所走的，抵抗力最大的，抗战。我相信我们民族的雄厚的生活力能使我们克服一切困难。不过我们也要明白，我们的前途困难还很多，抗战胜利只解决困难的一部分，还有政治、经济、文化、教育各方面的建设还需要更大的努力。一直到现在，我们所拿出来的奋斗精神还是不够。因循、苟且、敷衍，种种病象在社会上还是很流行。我们还是有些老朽，我们应该趁早还童。

　　孟子说："天将降大任于斯人也，必先苦其心志，劳其筋骨，饿其体肤，空乏其身，行拂乱其所为，所以动心忍性，增益其所不能。"于今我们的时代是"天将降大任于斯人"的时代了，孟子所说的种种磨折，我们正在亲领身受。我希望每个中国人，尤其是青年们，要明白我们的责任，本着大无畏的精神，不顾一切困难，向前迈进。

慢慢走，欣赏啊！

一直到现在，我们都是讨论艺术的创造与欣赏。在收尾这一节中，我提议约略说明艺术和人生的关系。

我在开章明义时就着重美感态度和实用态度的分别，以及艺术和实际人生之中所应有的距离，如果话说到这里为止，你也许误解我把艺术和人生看成漠不相关的两件事。我的意思并不如此。

人生是多方面而却相互和谐的整体，把它分析开来看，我们说某部分是实用的活动，某部分是科学的活动，某部分是美感的活动，为正名析理起见，原应有此分别；但是我们不要忘记，完满的人生见于这三种活动的平均发展。它们虽是可分别的而却不是互相冲突的。"实际人生"比整个人生的意义较为窄狭。一般人的错误在把它们认为相等，以为艺术对于"实际人生"既是隔着一层，它在整个人生中也就没有什么价值。有些人为维护艺术的地位，又想把它硬纳到"实际人生"的小范围里去。这般人不但是误解艺术，而且也没有认识人生。我们把实际生活看作整个人生之中的一片段，所以在肯定艺术与实际人生的距离时，并非肯定艺术与整个人生的隔阂。严格地说，离开人生便无所谓艺术，因为艺术是情趣的表现，而情趣的根源就在人生；反之，离开艺术也便无所谓人生，因为凡是创造和欣赏都是艺术的活动，无创造、无欣赏的人生是一个自相矛盾的名词。

人生本来就是一种较广义的艺术。每个人的生命史就是他自己的作品。这种作品可以是艺术的，也可以不是艺术的，正犹如同是一种顽石，这个人能把它雕成一座伟大的雕像，而另一个人却不能使它"成器"，分别全在性分与修养。知道生活的人就是艺术家，他的生活就是艺术作品。

过一世生活好比做一篇文章。完美的生活都有上品文章所应有的美点。

第一，一篇好文章一定是一个完整的有机体，其中全体与部分都息息相关，不能稍有移动或增减。一字一句之中都可以见出全篇精神的贯注。比如陶渊明的《饮酒》诗本来是"采菊东篱下，悠然见南山"，后人把"见"字误印为"望"字，原文的自然与物相遇相得的神情便完全丧失。这种艺术的完整性在生活中叫作"人格"。凡是完美的生活都是人格的表现，大而进退取与，小而声音笑貌，都没有一件和全人格相冲突。不肯为五斗米折腰向乡里小儿，是陶渊明的生命史中所应有的一段文章，如果他错过这一个小节，便失其为陶渊明。下狱不肯脱逃，临刑时还叮咛嘱咐还邻人一只鸡的债，是苏格拉底的生命史中所应有的一段文章，否则他便失其为苏格拉底。这种生命史才可以使人把它当作一幅图画去惊赞，它就是一种艺术的杰作。

其次，"修辞立其诚"是文章的要诀，一首诗或是一篇美文一定是至性深情的流露，存于中然后形于外，不容有丝毫假借。情趣本来是物我交感共鸣的结果。景物变动不居,情趣亦自生生不息。我有我的个性,物也有物的个性,这种个性又随时地变迁而生长发展。每人在某一时会所见到的景物,和每种景物在某一时会所引起的情趣,都有它的特殊性,断不容与另一人在另一时会所见到的景物,和另一景物在另一时会所引起的情趣完全相同。毫厘之差,微妙所在。在这种生生不息的情趣中我们可以见出生命的造化。把这种生命流露于语言文字,就是好文章;把它流露于言行风采,就是美满的生命史。

文章忌俗滥,生活也忌俗滥。俗滥就是自己没有本色而蹈袭别人的成规旧矩。西施患心病,常捧心颦眉,这是自然地流露,所以愈增其美。东施没有心病,强学捧心颦眉的姿态,只能引人嫌恶。在西施是创作,在东施便是滥调。滥调起于生命的干枯,也就是虚伪的表现。"虚伪的表现"就是"丑",克罗齐已经说过。"风行水上,自然成纹",文章的妙处如此,生活的妙处也是如此。在什么地位,是怎样的人,感到怎样情趣,便现出怎样的言行风采,叫人一见就觉其谐和完整,这才是艺术的生活。

俗语说得好:"唯大英雄能本色。"所谓艺术的生活就是本色的生活。世间有两种人的生活最不艺术,一种是俗人,一种是伪君子。"俗人"根本就缺乏本色,"伪君子"则竭力遮盖本色。朱晦庵有一首诗说:"半亩方塘一鉴开,天光云影共徘徊。问渠那得清如许?为有源头活水来。"艺术的生活就是有"源头活水"的生活。俗人迷于名利,与世浮沉,心里没有"天光云影",就因为没有源头活水。他们的大病是生命的干枯。"伪君子"则于这种"俗人"的资格之上，又加上"沐猴而冠"的伎俩。他们的特点不仅见于道德上的虚伪，一言一笑、一举一动，都叫人起不美之感。谁知道风流名士的架子之中掩藏了几多行尸走肉？无论是"俗人"或是"伪君子"，他们都是生活中的"苟且者"，都缺乏艺术家在创造时所应有的良心。像柏格森所说的，他们都是"生命的机械化"，只能作喜剧中的角色。生活落到喜剧里去的人大半都是不艺术的。

　　艺术的创造之中都必寓有欣赏，生活也是如此。一般人对于一种言行常欢喜说它"好看""不好看"，这已有几分是拿艺术欣赏的标准去估量它。但是一般人大半不能彻底，不能拿一言一笑、一举一动纳在全部生命史里去看，他们的"人格"观念太淡泊，所谓"好看""不好看"往往只是"敷衍面子"。善于生活者则彻底认真，不让一尘一芥妨碍整个生命的和谐。一般人常以为艺术家是一班最随便的人，其实在艺术范围之内，艺术家是最严肃不过的。在锻炼作品时常呕心呕肝，一笔一画也不肯苟且。王荆公作"春风又绿江南岸"一句诗时，原来"绿"字是"到"字，后来由"到"字改为"过"字，由"过"字改为"入"字，由"入"字改为"满"字，改了十几次之后才定为"绿"字。即此一端可以想见艺术家的严肃了。善于生活者对于生活也是这样认真。曾子临死时记得床上的席子是季路的，一定叫门人把它换过才瞑目。吴季札心里已经暗许赠剑给徐君，没有实行徐君就已死去，他很郑重地把剑挂在徐君墓旁树上，以见"中心契合死生不渝"的风谊。像这一类的言行看来虽似小节，而善于生活者却不肯轻易放过，正犹如诗人不肯轻易放过一字一句一样。小节如此，大节更不消说。董狐宁愿断头不肯掩盖史实，夷齐饿死不愿降周，这种风度是道德的也是艺术的。我们主张人生的艺术化，就足主张对于人生的严肃主义。

艺术家估定事物的价值，全以它能否纳入和谐的整体为标准，往往出于一般人意料之外。他能看重一般人所看轻的，也能看轻一般人所看重的。在看重一件事物时，他知道执着；在看轻一件事物时，他也知道摆脱。艺术的能事不仅见于知所取，尤其见于知所舍。苏东坡论文，谓如水行山谷中，行于其所不得不行，止于其所不得不止。这就是取舍恰到好处，艺术化的人生也是如此。善于生活者对于世间一切，也拿艺术的口味去评判它，合于艺术口味者毫毛可以变成泰山，不合于艺术口味者泰山也可以变成毫毛。他不但能认真，而且能摆脱。在认真时见出他的严肃，在摆脱时见出他的豁达。孟敏堕甑，不顾而去，郭林宗见到以为奇怪。他说："甑已碎，顾之何益？"哲学家斯宾诺莎宁愿靠磨镜过活，不愿当大学教授，怕妨碍他的自由。王徽之居山阴，有一天夜雪初霁，月色清朗，忽然想起他的朋友戴逵，便乘小舟到剡溪去访他，刚到门口便把船划回去。他说："乘兴而来，兴尽而返。"这几件事彼此相差很远，却都可以见出艺术家的豁达。伟大的人生和伟大的艺术都要同时并有严肃与豁达之胜。晋代清流大半只知道豁达而不知道严肃，宋朝理学又大半只知道严肃而不知道豁达。陶渊明和杜子美庶几算得恰到好处。

一篇生命史就是一种作品，从伦理的观点看，它有善恶的分别，从艺术的观点看，它有美丑的分别。善恶与美丑的关系究竟如何呢？

就狭义说，伦理的价值是实用的，美感的价值是超实用的；伦理的活动都是有所为而为，美感的活动则是无所为而为。比如仁义忠信等等都是善，问它们何以为善，我们不能不着眼到人群的幸福。美之所以为美，则全在美的形象本身，不在它对于人群的效用（这并不是说它对于人群没有效用）。假如世界上只有一个人，他就不能有道德的活动，因为有父子才有慈孝可言，有朋友才有信义可言。但是这个想象的孤零零的人还可以有艺术的活动，他还可以欣赏他所居的世界，他还可以创造作品。善有所赖而美无所赖，善的价值是"外在的"，美的价值是"内在的"。

不过这种分别究竟是狭义的。就广义说，善就是一种美，恶就是一种丑。因为伦理的活动也可以引起美感上的欣赏与嫌恶。古希腊大哲学家柏拉图和亚里士多德讨论伦理问题时都以为善有等级，一般的善虽只有外在的价值，而"至高的善"则有内在的价值。这所谓"至高的善"究竟是什么呢？柏拉图和亚里士多德本来是一走理想主义的极端，一走经验主义的极端，但是对于这个问题，意见却一致。他们都以为"至高的善"在"无所为而为的玩索"（Disinterested contemplation）。这种见解在西方哲学思潮上影响极大，斯宾诺莎、黑格尔、叔本华的学说都可以参证。从此可知西方哲人心目中的"至高的善"还是一种美，最高的伦理的活动还是一种艺术的活动了。

"无所为而为的玩索"何以看成"至高的善"呢？这个问题涉及西方哲人对于神的观念。从耶稣教盛行之后，神才是一个大慈大悲的道德家。在古希腊哲人以及近代莱布尼兹、尼采、叔本华诸人的心目中，神却是一个大艺术家。他创造这个宇宙出来，全是为着自己要创造，要欣赏。其实这种见解也并不减低神的身份。耶稣教的神只是一班穷叫花子中的一个肯施舍的财主佬，而一般哲人心中的神，则是以宇宙为乐曲而要在这种乐曲之中见出和谐的音乐家。这两种观念究竟是哪一个伟大呢？在西方哲人想，神只是一片精灵，他的活动绝对自由而不受限制，至于人则为肉体的需要所限制而不能绝对自由。人愈能脱肉体需求的限制而作自由活动，则离神亦愈近。"无所为而为的玩索"是唯一的自由活动，所以成为最上的理想。

　　这番话似乎有些玄妙，在这里本来不应说及。不过无论你相信不相信，有许多思想却值得当作一个意象悬在心眼前来玩味玩味。我自己在闲暇时也欢喜看看哲学书籍。老实说，我对于许多哲学家的话都很怀疑，但是我觉得他们有趣。我以为穷到究竟，一切哲学系统也都只能当作艺术作品去看。哲学和科学穷到极境，都是要满足求知的欲望。每个哲学家和科学家对于他自己所见到的一点真理（无论它究竟是不是真理）都觉得有趣味，都用一股热忱去欣赏它。真理在离开实用而成为情趣中心时就已经是美感的对象了。"地球绕日运行""勾方加股方等于弦方"一类的科学事实，和《密罗斯爱神》或《第九交响曲》一样可以摄魂震魄。科学家去寻求这一类的事实，穷到究竟，也正因为它们可以摄魂震魄。所以科学的活动也还是一种艺术的活动，不但善与美是一体，真与美也并没有隔阂。

艺术是情趣的活动，艺术的生活也就是情趣丰富的生活。人可以分为两种，一种是情趣丰富的，对于许多事物都觉得有趣味，而且到处寻求享受这种趣味；一种是情趣干枯的，对于许多事物都觉得没有趣味，也不去寻求趣味，只终日拼命和蝇蛆在一块争温饱。后者是俗人，前者就是艺术家。情趣愈丰富，生活也愈美满，所谓人生的艺术化就是人生的情趣化。

"觉得有趣味"就是欣赏。你是否知道生活，就看你对于许多事物能否欣赏。欣赏也就是"无所为而为的玩索"。在欣赏时人和神仙一样自由，一样有福。

阿尔卑斯山谷中有一条大汽车路，两旁景物极美，路上插着一个标语牌劝告游人说："慢慢走，欣赏啊！"许多人在这车如流水马如龙的世界过活，恰如在阿尔卑斯山谷中乘汽车兜风，匆匆忙忙地急驰而过，无暇一回首流连风景，于是这丰富华丽的世界便成为一个了无生趣的囚牢。这是一件多么可惋惜的事啊！

朋友，在告别之前，我采用阿尔卑斯山路上的标语，在中国人告别习用语之下加上三个字奉赠：

"慢慢走，欣赏啊！"

光潜

1932年夏，莱茵河畔

美，让我们真正驻留在
这个世界中

作者自传

　　我笔名孟实，1897年9月19日出生于安徽桐城乡下一个破落的地主家庭。父亲是个乡村私塾教师。我从六岁到十四岁，在父亲鞭挞之下受了封建私塾教育，读过而且大半背诵过四书五经、《古文观止》和《唐诗三百首》，看过《史记》和《通鉴辑览》，偷看过《西厢记》和《水浒传》之类的旧小说，学过写科举时代的策论时文。到十五岁才入"洋学堂"（高小），当时已能写出大致通顺的文章。在小学只待半年，就升入桐城中学。这是桐城派古文家吴汝纶创办的，所以特重桐城派古文，主要课本是姚惜抱的《古文辞类纂》。按教师的传授，读时一定要朗诵和背诵，据说这样才能抓住文章的气势和神韵，便于自己学习作文。我从此就放弃时文，转而摸索古文。我得益最多的国文教师是潘季野，他是一个宋诗派的诗人，在他的熏陶之下，我对中国旧诗培养了浓厚的兴趣。1916年中学毕业，在家乡当了半年小学教员。本想考北京大学，慕的是它的"国故"，但家贫拿不起路费和学费，只好就近考进了不收费的武昌高等师范学校中文系。我很失望，教师还不如桐城中学的。除了圈点一部段玉裁的《说文解字注》，略窥中国文字学门径之外，一无所获。读了一年之后，就碰上北洋军阀的教育部从全国几所高等师范学校里考选一批学生到香港大学去学教育。我考取了。从1918年到1922年，我就在这所英国人办的大学里学了一点教育学，但主要的还是学了英国语言和文学，以及生物学和心理学这两门自然科学的一点常识。这就奠定了我这一生教育活动和学术活动的方向。

我到香港大学后不久，就发生了五四运动。洋学堂和五四运动当然漠不相干，不过我在私塾里就酷爱梁启超的《饮冰室文集》，颇有认识新鲜事物的热望。在香港还接触到《新青年》。我看到胡适提倡白话文的文章，心里发生过很大的动荡。我始而反对，因为自己也在"桐城谬种"之列，可是不久也就转过弯来了，毅然决然地放弃了古文和文言，自己也学着写起白话来了。我在美学方面的第一篇处女作《无言之美》就是用白话文写的。写白话文时，我发现文言的修养也还有些用处，就连桐城派古文所要求的纯正简洁也还未可厚非。

香港毕业后，通过同班好友高觉敷的介绍，我结识了吴淞中国公学校长张东荪。应他的邀约，我于1922年夏，到吴淞中国公学中学部教英文，兼校刊《旬刊》的主编。当我的编辑助手的学生是当时还以进步面貌出现的姚梦生，即后来的姚蓬子。在吴淞时代我开始尝到复杂的阶级斗争的滋味。我听过李大钊和恽代英两位先烈的讲话。由于我受到长期的封建教育和英帝国主义教育，同左派郑振铎和杨贤江，以及右派中国青年党陈启天、李璜等人都有些往来，我虽是心向进步青年却不热心于党派斗争，以为不问政治，就高人一等。江浙战争中吴淞中国公学被打垮了，我就由上海文艺界朋友夏丏尊介绍，到浙江上虞白马湖春晖中学教英文，在短短的几个月之中我结识了后来对我影响颇深的匡互生、朱自清和丰子恺几位好友。匡互生当时和无政府主义者有些往来，还和毛泽东同志同过学，因不满意春晖中学校长的专制作风，建议改革而没有被采纳，就愤而辞去教务主任一职，掀起一场风潮，我同情他，跟他一起采取断然态度，离开春晖中学跑到上海去另谋生路。我和他到了上海之后，夏丏尊、章锡琛、丰子恺、周为群等，也陆续离开春晖中学赶到上海。上海方面又陆续加上叶圣陶、胡愈之、周予同、陈之佛、刘大白、夏衍几位朋友。我们成立了一个立达学会，在江湾筹办了一所立达学园。开办的宗旨是在匡互生的授意之下由我草拟后正式公布的。这个宣言提出了教育独立自由的口号，矛头直接针对北洋军阀的专制教育。与立达学园紧密联系在一起的还有由我们筹办的开明书店和一种刊物（先叫《一般》，后改名《中学生》）。"开明"是"启蒙"的意思，争取的对象是以中学生为主的青年一代。这家书店就是解放后由叶圣陶在北京主持的青年书店，即中国青年出版社的前身。我把上海的这段经历说详细一点，因为这是我一生的一个主要转折点和后来一些活动的起点。我的大部分著述都是为青年写的，而且是由开明书店出版的。

　　立达学园办起来之后，我就考取安徽官费留英。1925年夏，我取道苏联赴英。正值苏联执行新经济政策时代，在火车上和苏联人攀谈过，在莫斯科住过豪华的欧罗巴饭店，也在烟雾弥漫、肮脏嘈杂的小酒店里喝过伏特加，啃过黑面包，留下了一些既兴奋而又不很愉快的印象。到了英国，我就进了由香港大学的苏格兰教师沈顺教授所介绍的爱丁堡大学。我选修的课程有英国文学、哲学、心理学、欧洲古代史和艺术史。令我至今怀念的导师有英国文学方面的谷里尔生教授，他是荡恩派"哲理诗"的宣扬者，对英国艾略特"近代诗派"和理查兹派文学批评都起过显著的影响。哲学导师是侃普·斯密斯教授，研究康德哲学的权威，而教给我的却是怀疑派休谟的《自然宗教的对话》。列宁在《唯物主义和经验批判主义》里还赞许过他。美术史导师布朗老教授用幻灯来就具体艺术杰作说明艺术发展史，课程结束那一天早晨照例请全班学生们吃一餐早点。1929年在爱丁堡毕业后，我就转入伦敦大学的大学学院，听浅保斯教授讲莎士比亚，对他的烦琐考证和所谓"版本批评"我感到厌烦，于是把大部分工夫花在大英博物馆的阅览室里。伦敦和巴黎只隔一个海峡，所以我同时在巴黎大学注册，偶尔过海去听课，听到该校文学院长德拉库瓦教授讲《艺术心理学》，甚感兴趣，他的启发使我起念写《文艺心理学》。此前在爱丁堡大学时我在心理学研究班里已写过一篇《悲剧的喜感》论文，颇受心理学导师竺来佛博士的嘉许，劝我以此为基础去进行较深入的研究，于是我起念要写一部《悲剧心理学》，作为博士论文。后来就离开了英国，转到莱茵河畔斯特拉斯堡大学，一则因为那是德国大诗人歌德的母校，地方比较僻静，生活较便宜；二则因为那地方法语和德语通用，可趁机学习对我的专科极为重要的德语。我的论文《悲剧心理学》是在该校心理学教授夏尔·布朗达尔的指导之下写成和通过的。

在英法留学八年之中，听课、预备考试只是我的一小部分的工作，大部分的时间都花在大英博物馆和学校的图书馆里，一边阅读，一边写作，原因是我一直在闹穷，官费经常不发，不得不靠写作来挣稿费吃饭。同时，我也发现边阅读边写作是一个很好的学习方法。这样学习比较容易消化，容易深入些。我的大部分解放前的主要著作都是在学生时代写出的。一到英国，我就替开明书店的刊物《一般》和后来的《中学生》写稿，曾搜集成《给青年的十二封信》出版。这部处女作现在看来不免有些幼稚可笑，但当时却成了一种最畅销的书，原因在于我反映了当时一般青年小知识分子的心理状况。我和广大青年建立的友好关系，就从这本小册子开始。此后我写出文章不愁找不到出版处。接着我就写出了《文艺心理学》和它的缩写本《谈美》；一直是我心中主题的《诗论》，也写出初稿；并译出了我的美学思想的最初来源——克罗齐的《美学原理》。此外，我还写了一部《变态心理学派别》（开明书店）和一部《变态心理学》（商务印书馆），总结了我对变态心理学的认识。在罗素的影响之下，我还写过一部叙述符号逻辑派别的书（稿交商务印书馆，抗日战争中遭火焚掉）。这些科目在现代美学中都还在产生影响。

回国前，由旧中央研究院历史所，我的一位高师同班好友徐中舒，把我介绍给北京大学文学院长胡适，并且把我的《诗论》初稿交给胡适作为资历的证件，于是胡适就聘我任北大西语系教授。我除在北大西语系讲授西方名著选读和文学批评史之外，还拿《文艺心理学》和《诗论》在北大中文系和由朱自清任主任的清华大学中文系研究班开过课。后来我的留法老友徐悲鸿又约我到中央艺术学院讲了一年《文艺心理学》。

当时正逢"京派"和"海派"对垒。京派大半是文艺界旧知识分子，海派主要指左联。我由胡适约到北大，自然就成了京派人物。京派在"新月"时期最盛，自从诗人徐志摩死于飞机失事之后，就日渐衰落。胡适和杨振声等人想使京派再振作一下，就组织了一个八人编委会，筹办一种《文学杂志》，编委会里有杨振声、沈从文、周作人、俞平伯、朱自清、林徽因等人和我。他们看到我初出茅庐，不大为人所注目或容易成为靶子，就推我当主编。由胡适和王云五接洽，把新诞生的《文学杂志》交商务印书馆出版。在第一期我写了一篇发刊词，大意说在诞生中的中国新文化要走的路宜于广阔些，丰富多彩些，不宜过早地窄狭化到只准走一条路。这是我的文艺独立自由的老调。《文学杂志》尽管是京派刊物，发表的稿件并不限于京派，有不同程度左派色彩的作家们如朱自清、闻一多、冯至、李广田、何其芳、卞之琳等人，也经常出现在《文学杂志》上。杂志一出世，就成为最畅销的一种文艺刊物。尽管它只出了两期就因抗日战争爆发而停刊，至今文艺界还有不少的人记得它（不过抗战胜利后复刊，出了几期就日渐衰落了）。

抗日战争爆发后，我就应新任代理四川大学校长的张颐之约，到川大去当文学院长。刚满一年，国民党二陈派就要撤换张颐而任用他们自己的"四大金刚"之一程天放。我立即挥动"教育自由"的旗帜，掀起轰动一时的"易长风潮"。在这场斗争中我得到了中国共产党的支持，沙汀和周文对我很关心，把消息传到延安，周扬立即通过他们两人交给我一封信，约我去延安参观，我也立即回信给周扬同志说我要去。但是当时我根本没有革命的意志，国民党通过我的一些留欧好友力加劝阻，又通过现代评论派王星拱和陈西滢几位旧友把我拉到武汉大学外文系去任教授。这对我是一次惨痛的教训。意志不坚定，不但谈不上革命，就连争学术自由和文艺自由，也还是空话。到了1942年，由于校内有湘皖两派之争，我是皖人而和湘派较友好，王星拱就拉我当教务长来调和内讧。国民党有个老规矩，学校"长字号"人物都必须参加国民党，因此我就由反对国民党转而靠拢了国民党，成了蒋介石的"御用文人"，曾为国民党的《中央周刊》写了两年的稿子，后来集成两本册子，一是《谈文学》，一是《谈修养》。

1949年冬，我拒绝乘蒋介石派到北京的飞机去台湾，仍留在北大。在建国初思想改造阶段，我是重点对象。我受到很多教育，特别是在参加了文联和全国政协之后，经常得到机会到全国各地参观访问，拿新中国和旧中国对比，我心悦诚服地认识到社会主义是中国所能走的唯一道路。这就决定了我对1957年到1962年的全国性的美学问题讨论的态度。

我在四川时期，以重庆为抗战中基地的全国文联曾选举我为理事。解放后不久我在北京恢复了文联理事的身份。在美学讨论开始前，胡乔木、邓拓、周扬和邵荃麟等同志就已分别向我打过招呼，说这次美学讨论是为澄清思想，不是要整人。我积极地投入了这场论争，不隐瞒或回避我过去的美学观点，也不轻易地接纳我认为并不正确的批判。这次美学大辩论是新中国文艺界的一件大事，就全国来说，它大大提高了文艺工作者和一般青年研究美学的兴趣和热情；就我个人来说，它帮助我认识到自己过去宣扬的美学观点大半是片面唯心的。从此我开始认真钻研辩证唯物主义和历史唯物主义。为此，我在年近六十时，还抽暇把俄文学提升到能勉强阅读和翻译的程度。我曾精选几本马克思主义经典著作来摸索，译文看不懂的就对照四种文字的版本去琢磨原文的准确含义，对中译文的错误或欠妥处作了笔记。同时我也逐渐看到美学在我国的落后状况，参加美学论争的人往往并没有弄通马克思主义，至于资料的贫乏，对哲学史、心理学、人类学和社会学之类与美学密切相关的科学，有时甚至缺乏常识，尤其令人惊讶。因此我立志要多做一些翻译重要资料的工作。原已译过克罗齐的《美学原理》，解放后又陆续译出柏拉图的《文艺对话集》、莱辛的《拉奥孔》、爱克曼辑的《歌德谈话录》，以及黑格尔的《美学》三卷。此外还有些译稿或在《文艺理论译丛》中发表过，或已在"四人帮"时代丧失了。

美学讨论从1957年进行到1962年，全部发表过的文章搜集成六册《美学问题讨论集》，我自己发表的文章还另搜集成一个选本，都由作家出版社出版。大约在1962年夏天，党中央一些领导同志在高级党校召集过一次会议，胡乔木同志就这次美学讨论作了总结性的发言，肯定了成绩，也指出了今后努力方向。会议还决定派我在高级党校讲三个月的美学史。此前北大哲学系已成立了美学组，把我从西语系调到哲学系，替美学组训练一批美学教师，我讲的也是西方美学史。1962年召开的文科教材会议，决定大专院校文科逐步开设美学课，并指定我编一部《西方美学史》，于是我就在此前讲过的粗略讲义和资料译稿的基础上编出两卷《西方美学史》，1963年由人民文学出版社印行。"四人帮"把这部美学史打入冷宫十余年，直到1979年再版。在再版时，我曾把序论和结论部分作了一些修改。这就是解放后我在美学方面的主要著作，缺点仍甚多，特别是我当时思想还未解放，不敢评价我过去颇下过一些功夫的尼采和叔本华以及弗洛伊德派变态心理学，因为这几位在近代发生巨大影响的思想家在我国都戴过"反动"的帽子。"前修未密，后出转精"，这些遗漏只有待后起者来填补了。

最近几年我参加了关于形象思维的辩论，还应上海文艺出版社之约，写了一本《谈美书简》通俗小册子。不过我的中心工作还是对马克思主义经典著作的摸索。我重新试译了《费尔巴哈论纲》和《经济学——哲学手稿》中一些关键性的章节，并做了注释和评介，想借此澄清一下"异化"、实践观点、人性论和人道主义、美和美感、唯心与唯物的分别和关系等这些全世界学术界都在关心和热烈争论的问题。这些八十岁以后的译文、札记和论文都搜集在百花文艺出版社出版的《美学拾穗集》里。

今年我已开始抽暇试译维柯的《新科学》，这部著作讨论的是人类怎样从野蛮动物逐渐演变成为文明社会的人，涉及神话和宗教、家族和社会、阶级斗争观点、历史发展观点、美学与语言学的一致性以及形象思维先于抽象思维之类的重要问题。全书约四十万字，希望明年内可以译完。再下一步就走着看了。需要做的工作总是做不完的。

1980年9月

旅英杂谈

一

记得美人斯蒂芬教授在他的《英伦印象记》里仿佛说过，英国大学生的学问不是从教室，而是从烟雾沉沉的吃烟室里得来的，因为教授们在安安泰泰地衔着烟斗躺在沙发椅子上的时候，才打开话匣子，让他们的思想自然流露出来。这番话固然不是毫无根据，但是对于大多数大学校中之大多数学生，这还仅是一种理想。私课制（tuition system）固然是英国大学的一个优点，不过采行这种制度而名副其实的只有牛津剑桥一两处；就是这一两处也只有少数贵族学生能私聘教员，在课外特别指导。其余一般大学授课多只为一种有限制的公开演讲。每班学生数目常自数十人以至数百人，教员如何能把他们个个都引在吸烟室里从容讨论？好在英国几个第一流的大学所请的教授大半很有实学，平时担任钟点很少，他们的讲义确是自己的研究的结果，不像一般大学教授的讲义只是一件东抄西袭的百衲衫。每科尝有所谓荣誉班（honours course），只有在普通班卒业而成绩最优的才得进去，所以学生人数少，和教员接洽的机会较多。荣誉班正式上课时也不似寻常班只听而弗问，往往取谈话的方式。荣誉班卒业并不背起什么博士头衔。所谓博士，其必要的条件只是在得过寻常班学位以后再住校两年，择一问题自己研究，然后作一篇勉强过得去的论文，缴若干考试费，就行了。固然也有些人真是"博"才得到这种头衔，可是不"博"而求这种头衔，似乎也并不要费什么九牛二虎之力。

二

近年来国内学生入党问题，颇惹起教育界注意。我对此也曾略费思索，来英后所以特别注意他们学生和政党的关系。在中小学校，我还没有听见学生加入政党。可是在各大学里，各政党都有支部，多数学生都各有各的政党，各政党支部的名誉总理大半都是本党领袖。他们常定期举行辩论，或请本党名人演讲。有时工党与守旧党学生互举代表做联席辩论，仿佛和国会议事一般模样。英国本是一个党治的国家，党的教育所以较为重要。他们所谓党的教育不外含有两种任务：一、明了本党党纲与政策，二、练习辩论和充领袖的能力。实际政治由他们的目前的首领去管，不用他们去参与。学校对于学生党的教育——对于一切信仰习惯——都不很干涉，因为有已成的风气在那里阴驱潜率，各政党支部都可以明张旗鼓，唯共产党还要严守秘密——英国大学校也有共产党的踪迹了。近来牛津大学有两个共产党学生暗地鼓动印度学生做独立运动，被学校知道了，校长就限他们自认以后在校内不再宣传共产党，否则便请他们出校。学生会工党学生开会议请校长收回成命，只有一百几十人赞成，占少数，没有通过。那两个学生只好去向校长声明："我们以后三缄其口吧！"

三

初来此时，遇见东方人总觉亲热一点。有一天上文学班，去得很早，到的还寥寥，跨进门一看，就看见坐在最前排的是两个东方人。有一位是女子，向我略颔首致敬——因为知道我也是从东方来的。我就坐在她旁边那位男子的旁边。他戴了一副墨晶眼镜，仿佛在那儿有所思索，没有注意到我的样子。我就攀问道："先生，你是从日本来的，还是从中国来的？"他说是从日本来的。以后我们就常相往来，他们有时邀我去尝日本式的很简朴的茶点，从谈话中我才知道这两位朋友经过许多悲壮的历史。

那位戴墨晶眼镜的原来是一个盲目者，而跟着他的女子就是他的妇人。她在英国是一个哑子——不能说英文。岩桥武夫君——这是他的姓名——从日本大阪跨过印度洋地中海，穿过巴黎伦敦，进了爱丁堡大学，每天由课堂跑回寓所，由寓所再跑到课堂，都是赖着他的不能说英文的妇人领着。

他生来本不盲目。到了二十岁左右时患了一种热病，病虽好而眼睛瞎了。从前他在学校里是以天才著名的，文学是他的夙好。失明以后，他就悲观厌世，有一年除夕，他在厨房里摸得一把刀子，就设法去自杀。他的母亲看见了——他是他慈母唯一的爱儿——用种种的话来劝慰他。由来世间母亲的恩爱与力量是不可抵御的，于是岩桥武夫君立刻转过念头，决计从那天起重新努力做人。他进了盲哑学校，毕业后在母校里服务过，现在来英国研究文学。

他很有些著作，最近而且最精心结构的叫作《行动的坟墓》。

这个名称是用密尔敦诗中"moving grave"的典故。这书仿佛是他的自传。我不能读日本文，不知道它的价值。

岩桥武夫君和爱罗先珂是很好的朋友。爱罗先珂到日本，就寓在他的家里。他们都是盲目的天才，而且都抱有一种世界同仁的理想，同声相应，所以吸引到一块。日本政府怕爱罗先珂是"危险思想"的宣传者，把他驱出日本，岩桥武夫君曾抗议过，但是无效。

他的妇人原来是一个神道教信徒，前半生都费在慈善事业方面。她嫁给岩桥武夫君帮助他求学著书，纯是出于弱者的同情。岩桥武夫做文章，都是由她执笔。她对于日本文学很有研究的。

岩桥武夫是一个寒士。卖尽家产做川资，学费是由大阪每日新闻社和朋友资助的。他的老母现在还在日本开一个小纸笔店过生活。

四

一般人想象里的英国大半是一个家给人足的乐土。实际上他们能够过舒服日子的恐怕不到五分之一。能够在矿坑里捉一把锄头，在工厂里掌一个纺织机，或者在旅馆商店里充一个使役，还是叼天之庥的。许多失业的人，其生活之苦，或较中国穷人更甚。因为中国最穷的有几个铜子，便可勉强敷衍一天的肚皮。在欧洲生活程度高，几个铜子是买水就不能买火，买火就不能买水的。向来中国人自己承认对衣食住三件，最不讲究的是住。西洋房屋建筑比中国的确实强得几倍。但是以有限资本盖房子，要好就不能多。有一天我听一位工党议员演说，攻击守旧党政府对于住室问题漠不关心。

他说只就苏格兰说，二十人住一间房子的达数千家，十人住一间房子的达数万家。我初听了颇骇异。后来到穷人居的部分去看看，才晓得那位工党议员不是言之过甚。我自然不能走进他们房子去调查。不过在很冷的冬天，他们女子们小孩子们千百成群地靠着街墙或者没精打采地流荡，大概总是因为房子里太挤的缘故。西洋人以洁净著名，可是那般穷人也是脏得不堪。

英国的乞丐比较的来得雅致。有些乞丐坐在行人拥挤的街口，旁边放一块纸板，上面大半写着"退伍军士，无工可做，要养活妻子儿女，求仁人帮助"一类的话。有些奄奄垂毙的老妇，沿街拉破烂的手琴，或者很年轻的少年手里托着帽子拖着破喉嗓子唱《洋莲花落》。还有一种乞丐坐在街头用五彩粉笔，在街道上画些山水人物，供行人观赏。这些人不叫乞丐，叫作"街头美术家"（pavement artists）。他们有些画得很好，我每每看见他们，就立刻联想到在上海看过的美术展览会。

五

要知道英国人情风俗，旁听法庭审判，可以得其大半。中国人所想得到的奸盗邪淫，他们也应有尽有。有时候法官于审问中插入几句诙谐话，很觉得逸趣横生。罪过原来是供人开玩笑的，何况文明的英国人是很欢喜开玩笑的呢。近来有一个人为着向他已离婚的妇人索还订婚戒指，打起官司来了，律师引经据典地辩论，说伊丽莎白后朝某一年有一个先例，法庭判定订婚戒指只是一种有条件的赠品。那一个法官就接着说："那一年莎士比亚已经有十岁了。"后来那个妇人说她已经把戒指当去了。法官含笑问道："当去了吗？好一篇浪漫史，让你糟蹋了！"英国向例，凡替罪犯向法庭取保的人应有一百镑的财产。去冬轰动一时的十二共产党审讯，其中有一个替人取保的就是鼎鼎大名的萧伯纳，法庭书记问萧伯纳道："你值得一百镑么？"萧伯纳含笑答道："我想我值得那么多哩。"一两三个月以前，伦敦海德公园发现一件风流案，他们也喧扰了许久。有一天海德公园的巡警猛然地向园角绿树荫里用低微郑重的声调叫道："你们犯了法律，到警厅去！"随着他就拘起两个人带到法庭去审问。那两个有一位是五十来岁光景的男子，他的名字叫 Sir Basil Thomson，他是一个有封爵的，他是一个著作者，他是伦敦警察总监。别的那一位是每天晚上在海德公园闲逛的女子中之一。汤姆逊爵士说，他近来正著一本关于犯罪的书，那一晚不过是到海德公园去搜材料，自己并没有犯罪。那位女子承认得了那位老人五个先令，法官转向汤姆逊爵士说："你五个先令可以敷衍她，法庭可是非要五镑不可！"汤姆逊请了最著名的律师上诉，但是他终于出了五镑钱。

六

英国报纸不载中国事则已，载中国事则尽是些明讥暗讽，遇战争发生，即声声说中国已不能自己理会自己了，非得列强伸手帮助不行。遇群众运动，即指为苏俄共产党所唆使。提到冯玉祥，总暗敲几句，因为他反对外人侵略。提到香港罢工，总责备广东政府不顺他们的手。伦敦《每日电讯报》驻北京的通讯员兰敦（Perceval Landon）尤其欢喜说中国坏话。英国一般民众的意见，都是在报纸上得来，所以他们头脑里的中国只是一锅糟。英国政府对待中国的政策，是外面讨好，骨子里援助军阀以延长内乱，抵制苏俄。他们现在不敢用高压手段激起中国民气，因为他们受罢工抵制的损失很不小。专就香港说，去年秋季入口货的价值由一千一百六十七万四千七百二十镑减到五百八十四万四千七百四十三镑；出口货价值由八百八十一万六千三百五十七镑减到四百七十万五千一百七十六镑，总计要比向来减少一大半。听说香港政府现在已经很难支持，专赖英国政府借款以苟延残喘。如果广东人能够照现在的毅力维持到三年，香港恐怕会还它五十年前的面目吧！

《泰晤士报》有一天载惠灵顿在北京和各界讨论庚子赔款用途，中国人士都赞成用在建筑铁路方面，不很有人主张用于教育的。听来真有些奇怪！这还是北京军阀官僚作祟，还是英国人的新闻蛊惑？总而言之，中国自己在外国没有通讯社，中国的新闻全靠外国人传到外国去，外交永远难得顺手的。

七

"欧战"结局后，各国都把战争的罪过摆在德国人肩上，凡尔赛会议，列强居然以德国负战争之责，形诸条约明文。近来欧洲舆论逐渐变过方向。他们渐渐觉悟"欧战"的祸首，不能完全说是德国，而造成战前紧张空气的各国都要分担若干责任，战前欧洲形势好比箭在弦上不得不发。德国纵不开衅，战争也是必然的结局。去冬英国著名学者像罗素、萧伯纳、韦尔斯、麦克唐纳数十人共同发表了一封公开信，就是说德国不应该独负开衅的责任，而《凡尔赛条约》不公平。同时法国学者也有类似的举动。至于欧洲政治家有没有这种觉悟，我们却不敢断定。不过德国现在逐渐恢复起来了，它不受国际联盟限制军备的约束，英法各国总有些不放心，所以去冬德法英比意各国订了《洛卡罗条约》（Locaruo Protocol），主旨就在法撤鲁尔住兵，德承认《凡尔赛条约》所划界线，以后大家互相保障不打仗，都受国际联盟的仲裁。要实行这个条约，德国自然不能不加入国际联盟，它也是一个大国，加入国际联盟，当然要和英法日意占同等位置，要在委员会里占一永久席。

可是这里狡猾的外交手段就来了。斡旋《洛卡罗条约》的人是英国外交总理张伯伦。《洛卡罗条约》成功，英国人自以为这一次在欧洲外交上做了领袖，欢喜得了不得，于是张伯伦君一跃而为张伯伦爵士。哪一家报纸不拍张伯伦爵士（Sir Chamberlain）的马屁！

谁知道张伯伦爵士落到法国白利安（Birand）的灵滑的手腕里去了！法国很欢喜德国承认《凡尔赛条约》割地，可是不欢喜德国在国际联盟委员会里占重要位置，所以暗地设法拉波兰、西班牙要求和德国同时得委员会永久席。白利安于是把张伯伦君——那时还是张伯伦君——请到巴黎去，七吹八弄地把张伯伦迷倒了，叫他立约援助波兰、西班牙的要求，双方都严守秘密。到了国际联盟开特别会，筹备盛典，欢迎德国加入的时候，于是波兰的要求提出来了，法国报纸众口一词地赞成波兰的要求。大家都晓得英国外交向来是取联甲抵乙的手段。波兰西班牙以法国援助而得永久席当然以后要处处和法国一个鼻孔出气，英国势力当然要减弱。况且德国看法国拉小国来抵制它，也宁愿不加入国际联盟，不愿做人家的傀儡。英国民众报纸家家都说"让德国进来以后，再商议波兰的要求吧！"，可是张伯伦已经私同白利安约好了，哑子吃黄连，如何能叫苦？他们远处发气，只在报纸上埋怨白利安是滑头，张伯伦是笨伯。于是张伯伦爵士又一变而为麦息尔张伯伦（Mousieur Chamberlain，依法国人的称呼称他）。

英姿飒爽的张伯伦爵士哪里能受人这样泼冷水？他于是自告奋勇去戴罪立功，至日内瓦再出一回风头。这一次日内瓦的把戏真玩足了，英德利用瑞典叫它反对波兰加入，法国喉波兰、西班牙要求与德国同时得永久席。意大利喉布鲁塞尔做同样要求，大家都不肯放松一点。于是德国被选为永久委员的提议被搁起到今年9月再议。最后开会，各国代表都说些维持和平，促进文化，国际亲善的话。法国白利安说得尤其漂亮——他是最会说漂亮话的——说法国人对德国人多么真心，德国多么伟大，将来谋国际和平，少不得德国鼎力帮助的，如此如彼地说了一大套。德国总理斯特来斯曼于是站起来感谢白利安说："法国总理向来没有对德国说得这样好呀！"

八

二十世纪之怪杰，首推列宁，其次就要推墨索里尼（Mussolini）。墨氏起家微贱，由无赖少年而变为小学教员，由小学教员而变为流荡者，由流荡者而变为新闻记者，由新闻记者而变为法西斯（Fascists，似乎有人译作"烧炭党"）领袖，由法西斯领袖而变为意大利的笛克推多，将来他再由意大利笛克推多而变为全欧之执牛耳者，也很是意中事。

他是法西斯的创造者。法西斯主义是苏俄共产主义的反动，是极狭义的国家主义，是极端专制主义，社会本来不平等，各人应该保持原有利益。无论如何，革命是要不得的。世界尽管讲大同，意大利可是要极力提倡爱国。遇着不赞成法西斯主义的人，要用"直接行动"，所谓直接行动，就不外驱逐、暗杀。

墨索里尼说太阳从西方起山，全意大利人就不得说是从东方。意大利国会之多数法西斯，不过由五个领袖指派的。少数反对党都让他们拳打脚踢，抛出窗子外面去了。意大利著名的报纸一齐封闭起来了。反对法西斯的人物有的放逐，有的遭暗杀了。墨索里尼虽如此专制，然而意大利多数人民都承认他是继马志尼而为意大利之救星。

墨索里尼不是专横以外，别无他长。他是最著名的演说者，最能干的行政者，最伶俐的外交家。意大利本来是国际联盟一分子，但是墨索里尼现在还暗中接合南欧诸位拉丁民族另外订一个联盟，以抵制英德诸国。德国近来想再和奥国联邦，墨索里尼明目张胆地说，意大利的旗帜是很容易背到北方去的，如果德奥真要搭伙。

大家还不明了墨索里尼的野心吗？我还忘记说，墨索里尼每次到国会演说所穿的魁梧奇伟的军装，不是他自己的，是用重金向古董店买来的，是威廉第二的。

九

英国从小学到大学，都有不强迫的军事教育。中小学有学生军（cadet corps），大学有军官教练团（officers training corps）。这些团体都直接归陆军部管辖，一切费用都由政府供给。陆军部每年派员延阅一二次。各校常举行竞赛，得胜利者有重奖，大家都以为极荣耀。

这些组织与童子军完全不同。童子军的主旨在养成博爱耐苦诸精神，而学生军与军官教练团则专重军事上的知识与技能。其组织训练与军营无差别。炮、马、步、工、辎，色色俱全。他们除定期演讲军事学以外，常举行战事实习，如战斗、营造、救济等。每年还打几次行营。"欧战"中，英国教员学生因为平时有这种军事训练，所以能直接赴前线应敌，可见得他们学校里的军事教育并非儿戏。

这种军事教育虽非强迫的，而政府则多方引诱学生入彀。第一，想做军官的人要持有军官教练团的甲等证书，持有乙等证书的人投军觅官也比寻常士卒有六个月的优先权。第二，学生入学生军或军官教练团，不用花钱，可以穿漂亮的军服，骑高大的军马，每年在野外打几个礼拜的行营，可白吃伙食。

凡是英国学生身体强壮而愿守规则的都可以加入。外国学生绝对不得进去。印度人本名隶英籍，与英、苏、爱同处不列颠帝国徽帜之下，可是许多印度学生向学校交涉，向英政府印度事务部交涉，请求进军官教练团学习，也都被拒绝。印度学生说："在战争中，英国以不列颠帝国国民名义拉印度人去当冲，在和平时怎么要忘记印度人也应该受同等训练？"学校当局说："这是陆军部的事，我们不便过问。"陆军部说："这是印度事务部的事，你们不应该直接到此地请求。"印度事务部说："关于军事，印度事务部管不到。"于是印度学生只好叹口气就默尔而息了。

十

西方人种族观念最深。在国际政治外交方面，拉丁民族国家与条顿民族国家之接合排挤的痕迹固甚显然；而只就英伦三岛说，爱尔兰固以种族宗教的关系而独立自由了，就是苏格兰与英格兰在政治上虽属一国，而地方风气与人民癖性都各个不同。苏格兰自有特别法律，自有特别宗教，自有特别教育系统。苏格兰人民没有自称为英国人的。假若遇见一个地方主义很深的苏格兰人，你问他是否英国人，他一定不欢喜地回答说："不是，我生在苏格兰，我长在苏格兰，我是一个苏格兰人。"有一次我听一位阁员在爱丁堡演说，津津说明英苏之不宜分立。苏格兰与英格兰合并已三百多年了，现在还有把合并的理由向民众宣传之必要，可见得这两个地方的人民还是貌合神离了。

苏格兰似我们的北方人，比较南方的英格兰人似乎诚实厚重些。相传爱尔兰人最滑稽。有一次一位英格兰人和一个苏格兰人在爱尔兰游历，看见路上有一个招牌说："不识字者如果要问路，可到对面铁匠铺子里去。"那位英格兰人捧腹大笑，而苏格兰人则莫名其妙。他回到寓所想了一夜，第二天很高兴地向英格兰人说："我现在知道昨天看的招牌实在是可笑。假如铁匠不在铺子里，还是没有地方可以问路呀！"这个故事自然未免言之过甚，但是苏格兰人之比较的老实，可见一斑了。

十一

一国的文化程度的高低，可以从民众娱乐品测量得出来。中国民众的趣味太低，烟、酒、牌、骰、娼、妓、皮黄戏以外别无娱乐，自是一件不体面的事，可是西方人虽素以善于娱乐著名，而考其实际，和中国人也不过是鲁卫之政，他们上等社会中固然不乏含有艺术意味的娱乐，但是这占极少数，而大多数民众也只求落得一个快乐，顾不到什么雅俗。在他们的街上走，五步就是一个纸烟店或糖果店，十步就是一个烧酒店或影戏院。糖果店是女子们小孩子们最欢喜照顾的，每家糖果店门前，像装饰品店门前一样，总常有女子们小孩们看着奇形异彩的糖果发呆。他们的腰包也许不十分充裕，不过站着看看也了却不少心愿。烟酒是无分等级老幼，都是普通嗜好。就是女子们抽烟喝酒也并不稀奇。他们的酒店，只卖酒不卖下酒品。吃酒的人只站在柜台前，一灌而尽。在街上碰到醉汉是一件常事。影戏院的生意更好。失业者每礼拜只能向政府领五先令养活夫妻儿女，饭可以不吃，影戏却不能看。影戏院所演的片子都不外恋爱侦探的故事，只能开一时之心火，决谈不上艺术价值。戏院是比较体面的人们所光顾的。可是所演戏剧大半是些诙谐作品，杂以半裸体的跳舞。像萧伯纳、高尔斯华绥的作品是不常扮演的。

礼拜六晚，大家刚卸下六天的苦工，准备明天安息，是最放肆的一晚。娱乐场的生意在这一晚特别发达。青年男女们大半都聚在汗气脂粉气混成一团的跳舞场里，从午后七八点跳到夜间一两点钟。夜深人静了，他们才东西分散，回去倒在床上略闭眼蒙眬过，便到了礼拜日上午，于是又起来打扮，到礼拜堂去听牧师演讲"礼拜日的道德"（Sunday morality）。

这便是英国民众的娱乐。说抽象一点，他们的低等欲望很强烈，寻不着正当刺激，于是不得不求之于烟、酒、影戏院、跳舞场。你说这是他们善于娱乐的表现，自无不可。然而你说这是文化之病症，也不见得大背于真理。

十二

狄更生（Louis Dickinson）在他的《东方文化》里面仿佛说过，印度人受英国统治是人类一个顶大的滑稽（irony），因为世界最没有能力了解印度文化的莫如英国人。狄更生自己也是一个英国人，能够有这种卓见，真是难能可贵。英国本也有它的特殊文化，可是从社会里没有看到这种文化所生的效果，我们不能不感叹三四千年佛化的领域逐渐为盎格鲁－萨克逊颜色所污染，总是现代人类的一个奇耻大辱。

印度人在他们自己的国土以内受如何待遇，我是不知道的。印度学生在英国所受的待遇，我却见闻一二。他们本是英籍人民（British subjects），照理应与英国学生受同等待遇。不过我听见印度学生学医的说，他们简直没有机会在医院里临诊，学工的说他们也难找得工场去实习。大学里军官教练团，绝对不允许他们进去的。最不公平的就是许多跳舞场都不卖票给印度学生。有一位印度女生住在大学女生宿舍里三四年之久，同住的人很少肯同她谈话。英国人心目中怎样看印度人，不难想见了。

印度学生自然也有许多败类。有许多学生因为受了英国教育的影响，其最大目的只在学一种技艺将来可以在英国人脚下寻一个饭碗。我曾经遇见一个学文学的印度学生，问他欢喜泰戈尔的诗不？他答得很简单："我没有读过。"有一次，一个印度学生在会场里问我："中国到底还有政府吗？"我听见了，心里替他感伤比替自己感伤还要厉害。

但是印度是一个伟大的民族，它的伟大在异族凌虐的轭下还没有完全沉没，许多印度学生天资都很聪明，他们的国家思想也很浓厚。红头巾下那一副黑大沉着的面孔含有无限伤感，也含有无限抵抗的毅力。

拜伦诗人因为景仰希腊文艺，在土耳其侵犯希腊时，他立刻抛开他的稿本，提刀帮助希腊人抵御土耳其。偶尔想到先贤的风徽，胸中填了满腔的惭愧！

十三

有许多名著，初读之往往大失所望。我读莎士比亚的《哈姆雷特》，曾经开卷数次，每次都是半途而废。最后，好容易把它读完了，可是所得的印象非常稀薄。莎翁号称近代第一大剧家，而《哈姆雷特》又是他的第一部杰作，可是一眼看去，除着几段独语以外，实无若何奇特。读莎翁著作的人们大概常有同样感想。

近来看过名角福兰般生班（Sir Frank Benson）排演这本悲剧，我才逐渐领略它的好处。福兰般生自己扮鬼，而扮哈姆雷特的则为飞利浦。本来近日英国剧场最流行的是谐剧。表演莎士比亚的剧时，观者人数寥寥。在萧疏冷落的场中，剧中所呈现的种种人世悲欢，乃益如梦境。到兴酣局紧时，邻座女子至于嘘唏呜咽，这本戏动人的力量可以想见了。

拿剧本当作一部书读，根本就大错特错。读莎氏剧本而不能领略其美的人，大半都误在专从文字着眼，而没有注意到言外之意。戏剧的优劣决不能专从文字方面判定。比方王尔德的剧本，把它当作书读，多么流利生动。可是在剧台表演起来，便成了一种谈话会，好像出了气的烧酒，索然无味。洪深君所改译扮演的《少奶奶的扇子》是一个难能可贵的成功，我看过原剧，还不如改译扮演得生动。

莎氏剧本不易领会，还另有一层原因。大半读文学作品的人常有一种怪脾气，总欢喜问："这本作品主义在什么地方？"他们在莎氏剧本中寻不出主义，便以为这无异于寻不出价值。这是"法利赛人"的见解。艺术的使命在表现人生与自然，愈客观，则愈逼真。把作者自己的主义加入以渲染一切，总不免流于浅狭。我们绝对不可以拿易卜生做标准去测量莎士比亚。易卜生是一位天才，学他以戏剧宣传主义的人，总不免画虎类狗。

易卜生太注重主义，所以他的剧本太缺少动作。他不同于——我不敢一定说他比不上——莎士比亚的就在此。要是有一点易卜生与莎氏相同而为王尔德一般人所望尘莫及的。他们表现性格，都能藏锋潜转。什么叫作藏锋潜转呢？就是在规定时间以内，主要角色的性格常经过剧烈变动。这种变动含有内在的必然性（inner necessity），在明文中只偶一露出线索。粗心地看去，常使人觉得剧中主角何以突然发生某种行动，与原委不相称。可是仔细看去，便能发现这种变动在事前处处都藏有线索。看娜拉对她丈夫的态度变迁，哈姆雷特对他爱人莪菲丽雅的态度变迁，便会明白这个道理。

我们不能把《哈姆雷特》当作一本书读，也不能把它只当作一本戏看。《哈姆雷特》是一部悲剧，而上品的悲剧都是上品的诗。看《哈姆雷特》不能看出诗意来，便完全没有领会得这本悲剧的美。哈姆雷特的独语，都是好诗，自不消说。其他如鬼的现形、莪菲丽雅的病狂、掘矿者的谈话、哈姆雷特的死，那几段多么耐人寻味！

莎翁剧本里面无主义，无宗教。怪不得托尔斯泰研究了几十年，而最后评语只是莎翁徒虚誉，实无所有，我虽景仰托尔斯泰，然而说到莎士比亚，我比较相信歌德。著"维特"的人自然比任何人都更了解《哈姆雷特》，因为这两本书不都是替天下无数的少年说出了说不出的衷曲吗？（我没有看过田汉君的译文，但是我以为形骸可译而精神是不可译的。）

十四

莎士比亚的故居在埃文河上之斯特拉特福镇（Stratford on Avon）。这个镇上有一个很大的戏园，专是为纪念他而建筑的。今年这个戏园被火烧了。他们现在募金，预备建筑一个规模更大的戏园。

莎翁的生日为4月23日。每年逢到这天，英国人士在斯特拉特福镇举行庆祝盛典，凡在英国的外国公使及著名人物大概都来与会。今年是莎翁的第三百六十二周年纪念。因为筹备新戏园的缘故，特别热闹。向例，在这天行礼的时候，各国公使都把本国国旗张开以表敬意。这次当苏俄红旗张开时，群众中有许多叫"羞"的，从此可见得英人排俄的剧烈了。原来在未开会之前，就有许多人提议不准俄使列席，不准张俄国旗，这个消息早就登在伦敦各报上，俄使自然看过。可是俄使麦斯克置若罔闻，临时还是赴会。他所携的花圈上特别系一条很长的红绢，表示苏俄的颜色。这本是一件小事，但是可以见出英国人的气量。不知莎翁如果有灵，应该做何感想？在我看来英国人向来可以自豪的似乎都逐渐成为历史了。

1926年

谈出洋留学

留学制在中国已有五十年以上历史了，它的成效何如呢？要求高深学问还是要到欧美去，需要较专门的人才还是要到外国去聘请，以所失较所得，我们不能不承认留学制的失败。

留学制何以失败呢？

先从留学生说起。从前出国读书者大半先已受过本国大学教育。现在"出洋热"流行，大学毕业生固然视欧美以外没有够教他的教员，就是中学生也鄙视本国大学，想出去尝尝黄油面包的滋味。这般人一出国就觉到两种困难。第一种困难是语言上无充分预备。到法国的学生有许多人还须从法文字母学起。到英国的学生，以我这几年的观察来说，英文说得上口的也寥寥有数。他们出国之后，至少还要费一两年工夫补习，才可以完全听讲。再费一两年工夫，才可以在课堂中写笔记。尽管在外国人面前自称某某大学教授，上起课来有许多人依然是瞪着大眼睛呆望着。言语之外还另有一种困难，就是学科程度的不衔接。所谓不衔接也有两种原因。第一种原因在中国学校与外国学校的制度不同。在中国学的功课到外国有许多不适用，在外国需要的功课在中国又往往没有学过。第二种原因在中国学校和外国学校的程度的差别。一般中国学校比一般外国学校程度较浅，这是无用讳言的。尤其在近年以来，国内学生浮浅的风气太甚，读书多不切实，尽管学到很高深的地方而基本知识还是缺乏。比如没有丝毫科学根底的人，到外国就学哲学，没有经济学根底的人，到外国就做关于经济学的博士论文，这是常见的事。

总而言之，留学生初到外国，大半对语言和基本学问两项都无充分的准备。这般学生出国之后怎么样办呢？上焉者着手补习语言，补习基本科学，然后循序上进，这在一百人之中顶多有两三人而已；中焉者极力求速成，马上就入大学旁听，或是请求做博士候补；下焉者知难而退，整日里在咖啡馆和跳舞室里将他父亲或是小百姓用心血挣来的钱乱花一阵。三年五年之后，这般"留学生"荣归，上海报纸教育栏中吹得天花乱坠矣。

再说进大学。在多数外国大学里，有中国中学毕业文凭者就可以报考入大学正科，有大学毕业文凭者就可请求做博士候补。考而不取和请而不准者都得一律做旁听生。不消说得，十人之中就有九个是旁听。旁听生和正式生之中俨然有一种"阶级意识"。正式生斜着眼角看旁听生，心里想："你这般没有资格读学位挂名鬼混的！"旁听生也大发议论："读书要求实学，你这般人还没脱除科举迷！"

这两派话都有道理。无论如何，留学生不是学普通科者，就是专门研究者。平心而论，比较切实的还是做正式生学普通科的学生，他们虽然天天要啃讲义课本，可是啃进去一点就算一点，啃到三年五年，基本学问总可以勉强过得去。倘若他们能进一步做专门研究的工作，成绩一定很可观；但是多数人不是苦经济不凑，就是苦时期太长，在普通科毕业以后，就要束装归国了。这一类成绩最好的学生也只能学得普通科学。普通科学在国内大学何尝不可学，何以一定要远涉重洋呢？

报考博士又怎么样呢？一般人骂博士个个是饭桶，当然未免诬枉了许多高明。世间有不是饭桶的"白丁"，自然也就有不是饭桶的博士。不过博士学位在外国也并没有什么了不起。到剑桥大学里考一个哲学博士还比考一个文学学士容易，在爱丁堡大学里考一个哲学博士还比考一个教育学学士容易。在国内大学毕业，初出国就马上请求做博士候补，实在是一件最不上算的事。第一层，国内大学程度较外国稍低，我们前已说过，一般大学生在基本学问还没有充分的预备。说不上专门研究。比如在国内学过一点哲学的人到外国来还够不上做关于哲学问题的博士论文，余类推。第二层，博士论文的题材大半很窄狭。在基本学问无充分预备时，就在狭小范围之内搜材料，抄书籍，决不能有多大成就。留学生有一种坏脾气，在中国时欢喜拿外国东西骗中国人，在外国时欢喜拿中国东西骗外国人。做博士论文的有几位不是拿中国古色斑斑的东西做题材？比如费两三年工夫在外国图书馆搜集"商鞅理财"或是"墨子哲学"的材料，论文成矣，博士到手矣，何补于学问之大？

国外生活也是讨论留学问题所必注意的。留学生在国外往往有两重隔阂，一重是和国内社会情形的隔阂，一重是和国外社会内层的隔阂。渴望留学的人们大半把外国看作世外桃源，以为物质丰富，理乱不闻，大可优游岁月，但是一出国境，十人就有九人大失所望。外国的天也还是和中国的天一样空空洞洞的，外国的地还是有牛溲马粪，而中国人眼中的外国人，或者外国人眼中的中国人，却都有些异样。就是老留学生也很少有人能钻进他们社会的内层去看看其中底细的。除着每天和房东老太婆下几句关于天气的评语以外，简直很少有社交的机会。比如巴黎的拉丁区差不多还是一个中国世界，大家天天吃的是中国饭，见的是中国人，说的是中国话。这种隔阂一大半固然由于中国人不善利用机会，也有一半因为黄面孔的缘故。外国人见着中国学生第一句便是："先生从日本来的吧？""不，我是中国人。"接着就是"O，I see."他说他"知道了"，他知道的是什么？

和国内的隔阂也并不如一般所见的那样不关紧要。在外国不知道本国情形和需要，读书有些像闭户造车，固不用说，尤其难堪的是国外的枯寂生活。你是一个用功的吧，你的行迹天天在寓所、学校、饭店三个地方循环转；你是一个不用功的吧，咖啡馆和跳舞室也有时惹你厌闷。这种枯寂生活对于性格和身体的坏影响，稍知心理学和生理学的人们都知道的。中国人本已够颓唐，留学三年，面上至少要添三分暮气。这种危险，送子弟出洋的父兄曾经有人顾虑过吗？在国内时，你觉得乌烟瘴气的中国使你讨嫌，到国外住过几年，天天对着陌生的面孔嚼白水煮番薯牛肉，回想中国酒楼茶馆的风味,你才健羡国内的朋友们享清福呢!

再谈回国以后,中国社会有一种很怪的现状,要说没有人才吧,许多人没有事做,要说没有事做吧,许多事又没有人做。这种怪现象一半由于国内教育制度的不良,一半也是留学制的流弊。日本送学生出洋,大半先有某机关缺乏某项人才,才派人出国留学。留学生口袋里带着一大卷问题,在国外找得答案了,回国后马上就应用他的所学。中国却不然。今天有几个人空口提倡实业,于是留学生人人去学化学物理,明天有几个学政治经济的学生做了大官,于是留学生人人去学政治经济。他们根本就没有明白国内真正的需要,回来国内自然不需要他们。不需要他们,而他们还是要吃饭的,怎么办呢? 学政治经济者无官可做,去教书;学物理化学者无工可做,去做官。这样牛头配马嘴,于是才有现在"用非所学,学非所用"的怪现象。

还不仅此。各国教育都是适应国情的。需要不同,教育也因之而异。因此,在外国大学学得的东西不一定能拿到中国应用;中国所特别需要的东西也不一定可以在外国大学里学得来。比如目前中国还是一个农业的国家,中国的天气、土壤和物种都是特殊的,要改良中国农业,到外国大学去问津,是无补于事的。再比如英国法律向重成例,中国学生在英国学的法律能拿到中国法庭去应用吗? 我知道一位朋友,在德国学医学,专门研究食物在肠胃中所起的化学变化,回到中国去,还只是做一个普通的医生,而他所最擅长的那一点东西却没有用处。这些实例都可以证明中国的需要和外国大学的供给的常常不能碰头的。

　　舍做事而言继续研究，情形又如何呢？在外国一般大学生所学的大半还是很普通的科目，说不上专门研究。真正研究的工作还是在当大学教授或是在工厂服务之后才起始。他们把学问当作终身事业，所以各科学问进步才如此之快。中国人以为一种学问在三年五年之内就可以学成的，把打根基的学生时期误认为研究时期，把真正的研究时期认为坐享其成的时期，所以留学生"饱学归来"之后，就什么事都完了。研究设备不完善自然是一大障碍，然而这种障碍并非绝对不可打破的。有研究的热忱，然后研究的设备自然会跟着来。没有研究的热忱，就是买几架仪器也终于是生灰上锈的。国内何以没有研究的热忱呢？有些朋友要归咎风气。风气又何以会如此呢？

　　这里我们要揭出留学制的致命伤了。

　　有需要而后有供给，某项货物销路愈广，工厂制造该项货物也就愈起劲，倘若它滞销，工厂也自然不去再制造。许多人都说，国内大学不好，研究设备不完善，所以求高深学问要到外国去。其实这是一句倒果为因的话，我们应该说，求学问要到外国去，所以国内大学才不能好，研究设备才不完善。这也和国人倚赖洋货，国货不畅销，因而不能改良，同一道理。我们最大的劣根性是懒，可倚赖外人一日就倚赖外人一日，不肯自己去担繁难。大学办好有何用？反正中学毕业的就要向外国跑；设备又何必扩充？反正扩充到外国大学里那样完美要够你费些时日。多一事不如省一事，于是到外国求学者愈多，国内大学愈不振作；国内大学愈不振作，求学者愈要到外国去，因此，不但是借锅煮饭的办法不能取消，而留学生回国之后，也苦无研究高深学问的风气，一曝十寒，于是硕士博士之流冷冰冰矣！

流弊还不仅此。因有留学制，中国学制整个的变成寄生的。中国学制最大的弊病，就是每阶段都是一种预备工作，不能独立应用。小学毕业无用，小学的唯一用处，在预备升中学；中学毕业还是无用，中学的唯一用处，在预备升大学；大学毕业还是无用，于是中国各大学变成欧美各大学的预备学校。因此，中国教育系统整个的挂在外国教育系统之下。这种寄生的怪现象在语言方面最容易看出。由小学中学毕业者百人中有几个用得着外国文？而外国文在小学和中学中却占最重要位置。在这门功课上普通学生最少要费三分之一的时光，而出校门之后，仍是不能应用。在英国大学里上法文课，教员还是说英文，在法国大学里上英文课，教员还是说法文，而在中国不特在大学里教英文就是说英文，在中学里教英文也还是要说英文。课本也是如此，英文固不用说，物理化学数学等科课本也还是用英文。物理化学教员尽管让学生不懂，可是不能不用外国文课本，而且不能不说几句破烂的外国话。天下事之奇莫奇于此矣！请问何以有这种怪现象？一言以蔽之，留学生的偷懒和掩丑。在国外囫囵地吞进来，在国内还是囫囵地吐出去。

总观上列各种弊病，留学制应受限制，自无疑义了。我说"限制"，并非要完全停止。派遣留学也并非中国的创举，近如日本，远如欧美，也都有留学的办法。他们的留学目的一方面固在往最适宜的地方去研究一种学问，而同时也在观察邻国的某种学问已进步到某种程度。中国就是到学术独立时，派遣留学也仍然不能废止。不过我们只应该把留学当作一种补充，而大多数人却应在国内得到研究专门学问的机会。我们应该把重心移转过来，从前研究专门学问的重心在外国，以后我们应该把它移转到本国来。

派遣留学是一件最不经济的事。中国留学生现在在美国和法国者各约二千人。在其他欧洲各国者约一千人，在日本者尚不知其数。姑且以五千人为最低数目，假定每人每年平均须费二千元，五千人每年就要一千万元。以千万元的半数来在国内扩充研究设备，我相信五十年的成绩一定要比已往五十年的留学成绩加倍。有人说，现在我们苦于没有可指导研究专门学问的人才，在国内研究专门学问终是难事。其实在青黄不接之际，我们不妨延聘外国教授。以五名留学生的官费就可以延聘一个外国教员来教五十人乃至于五百人，这个算盘我们何以不会打呢？我不相信一切研究院在中国都要变成养老院，中国地质调查所和生物研究社的成绩已渐惹世人注意，即一个显证。

有人说，限制留学只能影响到官费生，而官费生为数甚微，所以终难铲除留学的积弊。其实这也不然。近年来许多人拿私费出去留学，完全是迫于一种坏风气。留学生在国内已成了一种特殊阶级，仿佛已造成一种很稳固的势力圈，把一切肥缺优差都垄断起来了。许多人要钻进这个势力圈去受社会的较优待遇，所以欢喜留学,而留学又欢喜挣头衔。这种局面是急应打破的。打破这种局面要各方面同时努力。一方面政府和社会对于国内学生和留学生都要平等待遇。应该以实学做任事报酬的标准,不应该只问头衔。一方面留学生自己也应该趁早觉悟。出来宣传宣传留学的丑。现在一般人也明知留学生的招牌是一只纸糊灯笼,不过留学生自己不肯去戳破,一般人不敢去戳破,所以它还能苟延残喘。但是这种招牌,像庚子前中国的臭架子一样,终于是要打破的。这种局面改变了,同时国内研究的设备又因需要增加而增加,中国人都很吝啬,自然也不像现在这样踊跃送钱到外国去花了。

留学究竟应该如何限制呢?详细的办法应该顾到各时各地的特殊需要,这里只能提出两个普遍的原则。

一、派遣留学应该偏重专门技艺。我并非看轻西方的"精神文明",不过我以为社会科学、纯粹科学、哲学、文学之类,只要书籍稍完备,就可以在国内研究。学这些学问,在国内是抱书本子,在外国也还不过是抱书本子,我们又何必定要到外国去呢?我也知道实地观察很重要,不过实际上到了外国能够仔细观察的人是极寥寥有数的。我们所遇见的留英留法的学生有过半数是学政治经济的,问他们读些什么书,也还不过是几部普通名著。在书本上研究较专门的问题还谈不到,何况去实地找材料呢?有人说,这是留学制的流弊,并不是它本身坏,这也是书生之见。一个制度有流弊时,它本身也就有毛病,不然,它就不会有流弊的。

二、派遣留学应该先着眼到目前需要。有某种机关缺乏某种人才时，然后才派学生去留学，学成之后即回该机关服务。这是日本的办法。照这样办，才可以免去"学非所用，用非所学"的流弊。

（载《中学生》第七期，1930年8月）

小泉八云

　　歌德曾经说过，作品的价值大小，要看它所唤起热情的浓薄。小泉八云（Lafcadio Hearn）值得我们注意，就在他对于人生和文艺，都是一个强烈的热情者。他所倾向的虽然是一种偏而且狭的浪漫主义，他的批评虽不免有时近于野狐禅，可是你读他的书札，他的演讲，他描写日本生活的小品文字，你总得被他的魔力诱惑。你读他以后，别的不说，你对于文学兴趣至少也要加倍浓厚些。他是第一个西方人，能了解东方的人情美。他是最善于教授文学的，能先看透东方学生的心孔，然后把西方文学一点一滴地灌输进去。初学西方文学的人以小泉八云为向导，虽非走正路，却是取捷径。在文艺方面，学者第一需要是兴趣，而兴趣恰是小泉八云所能给我们的。

　　我说小泉八云是一个西方人，严格说起，这句话不甚精确。他的文学兴趣是超国界的，他的行踪是漂泊无定的，他的世系也是东西合璧的。论他的生平，他生在希腊，长在爱尔兰、法国、美国和西印度，最后娶了日本妇人，入了日本籍。论他的血统，他是一个混种之混种。他的父亲名为爱尔兰人，而祖先据说是罗马（Roman）人和由埃及浪游到欧陆的一种野人（gypsy）的后裔。他的母亲名为希腊人，据说在血缘方面与阿拉伯人有关系。要明白小泉八云的个性，不可不记着他的血统。希腊人的锐敏的审美力，拉丁人的强烈的感官欲与飘忽的情绪，爱尔兰人的诙诡的癖性，东方民族的迷离梦幻的直觉，四者熔铸于一炉，其结果乃有小泉八云的天才和魔力。他的著作中有一种异域（exotic）情调，在纯粹的英国人、法国人或任何国人的著作中都不易寻出的。

小泉八云的父亲是一个下级军官，驻扎在希腊的英属岛，因而娶下希腊女子。小泉八云出世未久，就随父母还爱尔兰。到了爱尔兰以后，刚离襁褓的小泉八云就落下生命苦海，漂泊终身了。他的家庭中遭遇种种惨变，父另娶，母再醮，他寄养在一个亲房叔祖母家，和他的父母就从此永远诀别了。他的亲属都是天主教徒，所以他自幼就受严厉的天主教的教育。他先进了一个英国天主教学校，据说因为好闹事，被学校斥退了。他在学校就以英文作文驰名。同学们因为他为人特别奇异，都喜欢同他玩。他的眼睛瞎了一个，就是在学校和同学们游戏打瞎的。后来他又转入法国天主教学校，所以他的法文很有根底。他生来是一个唯美主义者，对于宗教，始终格格不入。他在书札中曾提起幼时一段故事：

　　我做小孩时，须得照例去向神父自白罪过。我的自白总是老实不客气的。有一天，我向神父说："据说厉鬼变成美人引诱沙漠中的虔修者，我应该自白，我希望厉鬼也应该变成美人来引诱我，我想我决定受这引诱的。"神父本来是一位道貌堂堂的人，不轻于动气。那一次，他可怒极了。他站起来说"我警告

104

你，我警告你永远莫想那些事，你不知道你将来会后悔的！"神父那样严肃，使我又惊又喜。因为我想他既然这样郑重其辞，也许我所希望的引诱果然会实现吧！但是俏丽的女魔们都还依旧留在地狱里！

如果到地狱里去，他能享美，他也乐意去的。这是他生平对于文艺的态度，在这幼年的自白中就露出萌芽了。在十六岁时，他的叔祖母破产，没有人资助他，他只得半途辍学，跑到伦敦去做苦工。在伦敦那样人山人海的城市中，一个孤单孱弱的孩子，如何能自谋生活？他有时睡在街头，有时睡在马房里。在一篇短文叫作《众星》（*Stars*）里面，有一段描写当时苦况说：

> 我脱去几件单薄衣服，卷成一个团子作枕头，然后赤裸裸地溜进马房草堆里去。啊，草床的安乐！在这第一遭的草床上我度去多少漫漫长夜！啊，休息的舒畅，干草的香气！上面我看着众星闪闪地在霜天中照着。下面许多马时时在那儿打翻叉脚。我听得见它们的呼吸；它们呼的气一缕一缕地腾到我面前。那庞大身躯的热气，把全房子通炙热了，干草也炙得很暖，我的血液也就流畅起来了，——它们的生命简直就是我的炉火。

在这种境界中，他能恬然自乐，因为"他知道天上那万千历历的繁星个个都是太阳，而马却不知道"。他在伦敦度去两年。也没有人知道他究竟如何撑持住他的肚皮；更没有人知道他如何七翻八转，就转到纽约。此时他已十九岁了。当时英国人想发财的都到美国掘金山去，小泉八云是否也有这种雄心，我们不知道。我们所知道的只是那里没有财临到他去发。叨天之幸，他遇着一个爱尔兰木匠，叙起乡谊，两下相投，他就留在木匠铺里充一个走卒。不多时，他又转到辛辛那提。他在三等车里，看见一位挪威女子，以为她是天仙化人，暗地里虔诚景仰。旁座人向他开玩笑说："她明天下车了，你何以不去同她攀谈？"他以为这是渎亵神圣，置之不答。那人又问他何以两天两夜都不吃饭，他答腰无半文，那人便转过头谈别的事去了。他正在默念人情浇薄，猛然地后面有人持一块面包用带着外国口音的英语向他说："拿去吃吧。"他回头看，这笑容满面的垂怜者便是那挪威少女。张皇失措中，他接着就慌忙地嚼下了。过后才想到忘记道谢，不尴不尬地去作不得其时的客气话，被她误会了，用挪威语说了一阵话，似乎含着怒意。过了三十五年，小泉八云做了一篇文章，叫作《我的第一遭奇遇》，还津津乐道这一饭之惠。小泉八云在美洲东奔西走地度去二十余年之久。在这二十余年中，他经过变化甚多，本文不能详述。一言以蔽之，这二十余年是他生平最苦的时代，也是他死心塌地努力文学的时代。穷的时候，他在电话厂里做过小伙计，在餐馆里做过堂倌，在印刷所里做过排字人，他自己又开过五分钱一餐的小吃店。后来他由排字人而升为新闻报告者，由报告者而升为编辑者。他的大部分光阴都费在报馆里。他的职业虽变更无常，可是他自始至终，都认定文学是他的目标。窘到极点，他总记得他的使命。别的地方他最不检点，在文学方面他是最问良心的。尽管穷到没有饭吃，他决不去做自己所不欢喜做的文字去骗钱。他于书无所不窥，希腊的诗剧，印度的史诗，中国的神话，挪威的民间故事，俄国的近代小说，英国浪漫时代的诗和散文，他都下过仔细的功夫。法国的近代文学更是他所寝馈不舍的。我在上面说过，小泉八云具有拉丁民族的强烈的感官欲，所以他最能同情于法国近代作者。他是第一个介绍戈蒂耶（Gautier）、福楼拜（Flaubert）、莫泊桑一班人给英美读者。他又含有爱尔兰人的诙诡奇诞的嗜好，所以他爱读挪威、俄国、印度、日本诸国文学，因为这些文学中都含有一种魔性的不平常的情致与风味。小泉八云生来就是一个妇女崇拜者。他的漂泊生涯中大部分固然是咸酸苦辣，却亦不乏甜的滋味。关于他早年的韵事，读者最好自己去读他的传记和书札。他的第一个妇人是一个黑奴女子。在辛辛那提充新闻记者时，他染过一次重病。这位黑奴女子替他照料汤药，颇致殷勤。病愈后，他就同她正式结婚。白人以白黑通婚为大逆不道，小泉八云遂因此为报馆所辞退。小泉八云动于一时情感，不惜犯众怒而娶黑人女子，这本是他的本色。拉丁人之用情，来如疾雨，去如飘风；不久，他转过背到了日本，就忘掉黑妇人而另娶一日本女子，把自己的姓名和国籍都丢掉，跟妻族过活。他本名拉夫卡迪奥·海恩（Lafcadio Hearn），娶日本妇后，才自称小泉八云，小泉是他的妻姓，八云是日本古地名，又是一首古诗的句首。在交友方面，小泉八云也是最反复无常的人。和你要好时，他把你捧入云端，和你翻脸时，他便把你置之陌路。他早年所缔造的好友，晚年都陆续地疏弃去。他自己的妹妹和他通过许多恳挚的信，到后来也突然中绝。她写信给他，他总是把空信封递回。有人说，他怕记起幼年家庭隐痛，所以他悻然砍断这一条联想线索。

　　一切故人，他都遗弃了，可是有一个人他永远没有遗弃，——如果他所信的轮回说不虚诞，也许在另一境界中，这人和小泉八云享有上帝的非凡的恩宠！听过小泉八云的英文课的日本学生们或许还记得他每逢解释西文姓名，在粉板上写的例子回回都是伊丽莎白·比思兰（Elizabeth Bisland）。原来这位比思兰就是小泉八云久要不忘的丽友。像小泉八云自己，比思兰也早为境遇所窘，十七岁就离开她的父母，到新奥林斯去办报卖文过活。她很爱读小泉八云在报纸上所发表的文字，就写了一封信给他，表示她女孩子的天真烂漫的景仰。从此文学史上，卢梭（Rousseau）与福兰克菲夫人（Mme.de La Tour-Franqueville）、歌德与鲍蒂腊女士（Bettida Brentano）两段因缘以外，就添上一番佳话了。卢梭、歌德对于他们的崇拜者，都未免薄情，小泉八云总算能始终不渝。他给比思兰的信是一幅耽嗜文艺者的心理解剖图。页页都有诗情画意。他写信给她，最初还照例客气，后来除信封以外，就不称她为"比思兰女士"了。小泉八云在精神上受她的影响最深。在他的心目中，比思兰是无量数玄秘心灵的结晶，是一种可望而不可攀的理想。他本来是一个心地驳杂的人，受过比思兰的影响以后，纯洁的情绪才逐渐从心灵的深处涌起。读小泉八云的作品，处处令人觉有肉的贪恋，也处处令人觉有灵的惊醒。肉的贪恋是从戈蒂耶、福楼拜、莫泊桑诸人传染来的；而灵的觉醒，则不能不归功于比思兰的熏陶。女性经过神秘化和神圣化以后，其影响之大，往往过于天地神祇，小泉八云写信给韦德幕夫人（Mrs. Wetmore）——二十年前的比思兰女士——仿佛也有这样自白。流俗人总祷祝天下有情人都成眷属，假若小泉八云和比思兰的关系再进一步，结果佳恶固不可必，而文学史上则不免减少一个纯爱好例，法国的安白尔（Jean Jacques Ampére）和列卡米（Mme. Recamier）夫人就要独美千古了。

小泉八云死后，比思兰把他生平所写的书札，搜集成三巨册，她自己又替他做了一篇一百五十几页的传冠在前面。从这篇传和编辑书札的方法看，我们不得不赞赏她的文学本领。她着墨很少，只把小泉八云自己说的话、写的信、做的文章和朋友们的回忆择要串成一气，而他的声音笑貌，便历历如在耳目。小泉八云的传有四五种之多。论详赡以铿纳德（Kennard）所著的为第一，可是许多佳篇妙语，经过间接语气的叙述法，不免减杀不少精彩。所以它终不及比思兰的大笔濡染，疏简而生动。

小泉八云到日本时年已四十。他本带着美国某报馆的委任，抵日本后，便丢开新闻事业而专从事于教授和著述。他先只在熊本中学教英文，后升为东京帝国大学教授，因不乐与贵人往来，为日本政府所辞退。以后早稻田大学又聘他为文学教授。他在日本前十四年，他的最好的作品都在这个时期中成就的。到晚年他的声誉颇大，康奈尔大学和伦敦大学想请他去演讲，都因事中辍了。他到日本以后，思想习惯都变为日本式的。他的妇人出自日本的一个中衰的望族。夫妇间感情颇笃。他生平最讨厌日本人穿洋服说英文。他的妇人请他教英语，他始终不肯；他自己倒反请她教日本文；后来他居然能用日本文会话写信。他的妇人喜欢讲日本故事，他听得津津有味时，便请她说一遍又说一遍，最后便取来做文学材料。他最不修边幅，平时只穿一套粗布服。当教授时，他妇人再三怂恿他做了一套礼服，他终生还没有穿过几次。因为怕穿礼服和拘于繁礼，每逢宴会，他往往托故不到。日本朋友去访他，尝穿着洋服衔着雪茄烟；他自己反披着和服，捧着日本式的小烟袋。他以为日本旧式生活含有艺术意味，每见通商大埠渐有欧化的痕迹，便深以为可惜。他平时最爱小孩子、小动物、花木等。他有一天看见一个人掷猫泄怒，就提起身旁手枪向掷猫的人连放四响，因为他近视，都没有击中。他邻近古庙中有许多古柏，他最好携妇人往柏荫散步。有一天，寺僧砍倒了三棵古柏，他看见了，终日为之不欢。他对妇人叹道："把嫩弱的芽子养成偌大的树，要费几许岁月哟！"他观察事物，极其审慎。因为近视，尝携一望远镜。有一天他捉了一只蚂蚁，便铺一张报纸在地上，让蚂蚁沿着报纸爬行，他一个人从旁看着，一下午都不做旁的事。这时他刚做一篇关于蚁的文字，其谨慎可想。

他的神经不免有时失常，常说自己看见鬼怪。看起来，他像一个疯人，又像一个小孩子。有一次，他携妇人去买浴衣，本来只需一件，他看见各种颜色都好看，便买上三四十件，店中人都张着眼睛望他。总之，他是一个最好走极端的人，他在生活方面，在艺术方面，都独行其所好,瞧不起世俗的批评。

比思兰以为小泉八云的书札胜似卢梭的"自白",似未免阿其所好。小泉八云有卢梭的癖性与热情,而无卢梭的天才与气魄,究竟不能相提并论。可是她说小泉八云的著作中以书札为最上品,爱读小泉八云的人们相当有同感。他平时作文,过于推敲。每成一文,易稿十数次。精钢百炼,渣滓净尽,固其所长;而刻画过量,性灵不免为艺术所掩蔽,亦其所短。但是他的信札大半在百忙中信笔写成的,所以自然流露,朴质无华。他的热情,他的幻想,他的偏见,在信札中都和盘托出。平时著书作文,都不免有所为;写信才完全是自己的娱乐,所以脱尽拘束。他的信札,无论是绘声绘形,谈地方风俗,写自己生活,或是谈文学,谈音乐,都极琐琐有趣。他的最大本领在能传出新奇地方的新奇感觉,使读者恍如身历其境。读他在热带地方写的信你会想到青棕白日,浑身发汗;读他的描写海水浴的信,你会嗅着海风的盐气。在他的眼中,没有东西太渺小,值不得注意的。比方他给朋友讨论日本眼睛的信,就很别致:

昨夜睡在床上把洛蒂(P.Loti,法国小说家Julien Viaud的假名)从头读到尾,后来睡着了,梦中还依稀见着喧嚷光怪的威尼斯。

以后再谈这本书,现在我想说说我的邪说怪论。你或许不乐闻,但是真理是真理,尽管和世所公认的标准悬殊太远。

我以为日本眼睛之美,非西方眼睛所能比拟。谈日本眼睛的歪文我已读厌了，现在姑且辩护我的怪论。

博德女士说得好，人在日本居久了，他的审美标准总得逐渐改变。这不但在日本，在任何国土都是一样。真游历家都有同样经验。我每拿西方孩子的雕像给日本人看，你想他们说什么？我试过五十次了，每次如果得到评语，都是众口一词："面孔很生得好，一切都好，只是眼睛，眼睛太大了，眼睛太可怕了！"我们用我们的标准鉴定，东方人也自有其标准，究竟谁是谁非呢？

日本眼睛之所以美，在它所特有的构造。眼球不突出——没有嵌入的痕迹。褐色的平滑的皮肤猛然地很奇怪地劈开，露出闪闪活动的宝石。西方眼睛，除特别例外，最美丽的也不免张牙露齿似的，眼球显然像嵌进头盖骨里去的；球的椭圆和框的纹路都没有藏起。纯粹从美的观点说，无缝天衣是自然的较美的成就。（我曾见过一对最好的中国眼睛，我永远都不会忘掉！）

他接着又说白皮肤不如有色皮肤的美，也很有趣。他平时写信的材料，大半都是这样信手拈来，说得头头是道。有时他也很欢喜谈文学和哲理。给张伯伦教授（Prof. Hill Chamberlain）的信大半都说他的文学主张。比方下面所节录的就是属这一类：

你如果没有读过陀思妥耶夫斯基（Dostoyevsky）的《罪与

罚》（法译本 *Crime et Chatiment*），我劝你试一试。我觉得这本书是近代第一本有力的言情小说。读这本书好比钉上十字架，可是动人至深。它比托尔斯泰的《高萨克》（*Cassacks*）还更好。我最，最，最爱俄国作家。我以为屠格涅夫的《处女地》（*Virgin Soil*）胜似雨果的《悲惨世界》，我们的最好的社会小说家，也没有人能比上果戈理（Gogal）……

你读过比昂松（Bjornson）吗？如果没有，应该试试《辛诺夫·苏巴金》（*Synnove Solbakken*）。我想凡他所做的，你都会欢喜。他的秘钥在兼有雄伟简朴之胜。任意取一部，你方以为所读的只是做给婴儿读的作品，可是猛然间会有大力深情流露，使你为之撼动，为之倾倒。安徒生（Anderson，以童话著名）的魔力也就在此。这派北欧作者简直不屑修饰，不讲技巧——浑身都是魄力，又宏大，又温和，又诚恳。他们真使我对之吐舌。我就学一百年也写不成一页比得上比昂松，虽然我能模仿华美的浪漫派作者。修饰和富丽的文字究不难得，最难得的是十足的简朴。

这一两条例子，我不敢说就能代表小泉八云的作风，可是我不能再举了。

约翰逊说断章取义地赞扬莎士比亚，好比卖屋的人拿一块砖到市场去做广告。研究任何人的作品，都不能以一斑论全豹，须总观全局，看它所生的总印象如何。上乘作品的佳胜处都在总印象而不在一章一句的精炼。小泉八云的信札要放在一堆，从头读到尾，我们才能领略它的风味。

　　我对于日本无研究，不敢批评小泉八云描写日本的书籍。我只觉得读《稀奇日本瞥见记》（*Glimpses of Unfamiliar Japan*）和《出自东方》（*Out of the East*）等书，比读最有趣的小说还更有趣。《稀奇日本瞥见记》里面有一篇叫作《舞女》（*Dancing Girl*）已经翻译成法、意、德诸国文字，法国 *Doux Mondes* 杂志曾推为世界最好的言情故事。《出自东方》里面的《海龙王公主》《石佛》诸篇完全是一种散文诗，其音调之悠扬，情境之奇诡，都令人读之悠然意远，论文章，这几种书在小泉八云的作品中也要算是最美丽的。从表面看，它们都是极浅显，极流利，像是不曾费力，信笔写就的；可是实际上，一字一句都经过几番推敲来的。看他给张伯伦教授的信，就可想见他如何刻画经营：

　　　　题目择定了，我先不去运思，因为恐怕易于厌倦。我作文只是整理笔记。我不管层次，把最得意的一部分先急忙地信笔写下。写好了，便把稿子丢开，去做旁的较适意的工作。到第二天，我再把昨天所写的稿子读一遍，仔细改过，再从头到尾誊清一遍。在誊清中，新的意思自然源源而来。错误也发现了，改正了。于是我又把它搁起。再过一天，我又修改第三遍。这一次是最重要的。结果总比从前大有进步，可是还不能说完善。我再拿一片干净纸做最后的誊清。有时须誊两遍。经过四五次修改以后，全篇的意思自然各归其所，而风格也就改定妥帖了。这样工作都是自生自长的。如果第一次我就要想做得车成马就，结果必定不同。我只让思想自己去生发，去结晶。

　　我的书都是这样著的。每页都要修改五六次，好像太费力，但实际上这是最经济的方法。久于作文的人，出笔自能运用自如，著书如写信，不易厌倦。所谓意之所到，笔亦随之，用不着费力。你尽管提着笔，它自会触理成文，仿佛有鬼神呵护。我现在只是写信给你，所以一动笔就写许多页。但是如果做文章付印，我至少也要修改五次，使同样思想在一半篇幅中表现得更有力。我先一定只让思想自己发展。第二天把第一天所写的五页誊清过，再另写五页；第三天把第一天的五页再改过，另外再写五页。每天都写些新材料，可是第一天的五页未改好以前，不动手改第二天的五页。平均每天可写五页（指每日三时工作），每月可写一百五十页。最要紧的是先写最得意的部分。层次无关宏旨而且碍事。得意的部分写得好，无形中便得许多鼓励，其他连属部分的意思也自然逐一就绪了。

　　我读到这封信，诧异之至：因为我从来没有想到小泉八云的那样流利自然的文字是如此刻意推敲来的。我不敢说凡是做文章的人都要学小泉八云一般仔细。文章本天成，过于修饰，往往汩没天真。但是初学作文的人总应该经过一番推敲的训练。从前中国人，大半每人都先读过几百篇乃至于几千篇的名著，揣摩呻吟，至能背诵。他们练习作文，也字斟句酌，费尽心力。郑谷改僧齐已《早梅诗》"数枝开"为"一枝开"，齐已感佩至于下拜。张平子做《二京赋》，构思至于十年之久。听说严义陵译书，似未免近于迂腐。加以近代生活日渐繁忙，青年人好以文字露头角。上焉者自恃天才，不屑留心于文字修饰；下焉者以文字为吃饭工具，只求多多益善，质的好坏便不能顾及。一般报章杂志固然造就了不少的文人学者，可是也陷害了许多可以有为之士。读世界文学家传记，除莎士比亚以外，我不知道一个重要作者没有在文章上经过推敲的训练。中国文学语言现在正经激变，作家所负的责任尤其重大，下笔更不可鲁莽。所以小泉八云的作文方法值得我们特别注意。

从东方学生的实用观点说，小泉八云的《演讲集》是最好的著作。我在上面说过，他能看透东方学生的心孔，然后把西方文学一点一滴地灌输进去。"灌输"这两个字还不甚妥当，因为他不仅给你一些文学常识，他所最关心的是教你如何欣赏，提醒你对于文学的嗜好。他自己对于文学是一个极端的热情者，他也极力引诱你同他一块拍掌叫好。他在东京帝国大学充过六年（1896年至1902年）文学教授。这六年中他所演讲的，日本学生都逐字逐句地记录下来了。他死后，哥伦布大学文学教授阿斯金（Prof. Erskine）把日本学生笔记的演讲搜集起来，选其最佳者付印，得四巨册。第一第二两册名《文学导解》（*Interpretations of Literature*），第三册名《诗的欣赏》（*Appreciations of Poetry*），第四册名《生命与文学》（*Life and Literature*）。

阿斯金教授在他的序里说,除柯尔律治(Coleridge)以外,在英文著作中找不出一部批评文集比得上《文学导解》;有时小泉八云且超出柯尔律治之上,因为柯尔律治所谈的只是空玄的文学哲理,到小泉八云才谈到个别作品的欣赏。这番话虽着重小泉八云的价值,也未免过誉。柯尔律治是英国浪漫派文学的开山老祖,而小泉八云只是浪漫主义所养育的娇儿。论创造力,论渊博,论深邃,小泉八云都不是柯尔律治的敌手。他的浪漫主义颇太偏于唯感主义(Sensualism),所以有时流于褊狭。他对于希腊文学只有一知半解,没有窥到古典主义的真精神。在《文学导解》第三讲《论浪漫文学与古典文学》里面,他把古典文学当成纯粹的谨守义法的文学,就显然把古典主义和18世纪的假古典主义(Neo-classicism)混为一谈了。真古典主义着重希腊文学的一种简朴冲和深刻诚挚的风味,假古典主义才主张谨守古人义法,以理胜情。小泉八云的感官欲太强,喜读夺目悦耳的文字,痛恨假古典主义之不近人情,矫枉乃不免于过直。比方他所最爱读的是丁尼生(Tennyson),而阿诺德(M.Amold)则被抑为第五流诗人。就不免为维多利亚时代习尚所囿。他生平推崇斯宾塞为第一大哲学家,也是辽东人过重白豕。真正的哲学家没有人看重斯宾塞的。

　　研究任何作者,都不应以其所长掩其所短,或以其所短掩其所长。小泉八云虽偶有瑕疵,究不失为文学批评家中一个健将。就我的浅薄的经验说,我听过比小泉八云更渊博的学者演讲,读过比《文学导解》胜过十倍的批评著作,可是柯尔律治、圣博甫(Sainte

Bouve）、阿诺德、克罗齐（Croce）、圣茨伯里教授（Prof. Saintsbury）虽使我能看出小泉八云的偏处、浅处，而我最感觉受用的不在这些批评界泰斗，而在小泉八云。他所最擅长的不在批评而在导解。所谓"导解"是把一种作品的精髓神韵宣泄出来，引导你自己去欣赏。比方他讲济慈（Keats）的《夜莺歌》，或雪莱（Shelley）的《西风歌》，他便把诗人的身世，当时的情境，诗人临境所感触的心情，一齐用浅显文字绘成一幅图画让你看，使你先自己感觉到诗人临境的情致，然后再去玩味诗人的诗，让你自己衡量某某诗是否与某种情致欣合无间。他继而又告诉你他自己从前读这首诗时做何感想，他自己何以憎它或爱它。别人教诗，只教你如何"知"（know），他能教你如何"感"（feel），能教你如何使自己的心和诗人的心相凑拍，相共鸣。这种本领在批评文学中是最难能的。研究文学，最初离不了几种入门书籍。在入门书籍中，小泉八云的演讲要算是一部好书。从这部书中，不但初学者可以问津，就是教文学的教师们也可以学到不少的教授法。

文学的教授法是中国学校教师们所最缺乏的。本来想学生们对于文学发生热情，自己先要有热情，想学生们养成文学口胃，自己先要有一种锐敏的口胃。自己没有文学的热情与口胃，于是不能不丢开文学而着重说外国话。拿中国学生比日本学生，最显明的异点就在对于外国文学的态度。日本学生虽不会说外国话，而对于外国文学似乎读得比中国学生起劲些。中国学生只学得说外国话，而日本学生却于外国文学有若干兴味，这不能不归功于小泉八云的循循善诱。一个好文学教师的影响，往往作始简而将毕巨。听说日本新文学家许多都曾受教于小泉八云。他在演讲中尝说日本文学应该脱离假古典主义的羁绊而倾向于浪漫主义，文学作者应该不拘于文言而采用流利白话。这些鼓吹革命的话，在虔诚景仰的学生们的心中所生影响如何，是不难测量的。他在日本文学史上的位置大概不易磨灭吧。

丰子恺的人品与画品

　　在当代画家中，我认识丰子恺先生最早，也最清楚。说起来已是二十年前的事了。那时候，他和我都在上虞白马湖春晖中学教书。他在湖边盖了一座极简单而亦极整洁的平屋。同事夏丏尊、朱佩弦（朱自清）、刘熏宇诸人和我，都和子恺是吃酒谈天的朋友，常在一块聚会。我们吃饭和吃茶，慢斟细酌，不慌不闹，各人到量尽为止，止则谈的谈，笑的笑，静听的静听。酒后见真情，诸人各有胜慨，我最喜欢子恺那一副面红耳热，雍容恬静，一团和气的风度。

　　后来，我们离开白马湖，在上海同办立达学园。大家挤住在一条僻窄而又不大干净的小巷里。学校初办，我们奔走筹备，都显得很忙碌，子恺仍是那副雍容恬静的样子，而事情都不比旁人做得少。虽然由山林搬到城市，生活比较紧张而窘迫，我们还保持着嚼豆腐干、花生米，吃酒的习惯。我们大半都爱好文艺，可是很少拿它来在嘴上谈。酒后，有时子恺高兴起来了，就拈一张纸作几笔漫画，画后自己木刻，画和刻都在片时中完成，我们传看，心中各自喜欢，也不多加评语。有时，我们中间有人写成一篇文章，也是如此。这样地我们在友谊中领取乐趣，在文艺中领取乐趣。

　　当时的朋友中浙江人居多，那一批浙江朋友都有股清气，即日常生活也别有一般趣味,却不像普通文人风雅相高。子恺于"清"字之外又加上一个"和"字。他的儿女环坐一室,时有憨态,他见着欣然微笑;他自己画成一幅画,刻成一块木刻,拿着看着,欣然微笑;在人生世相中,他偶尔遇见一件有趣的事,他也还是欣然微笑。他老是那样浑然本色,无忧无嗔,无世故气,亦无矜持气。黄山谷尝称周茂叔"胸中洒落,如光风霁月",我的朋友中只有子恺庶几有这种气象。

当时,一般朋友中有一个不常现身而人人都感到他的影响的——弘一法师。他是子恺的先生。在许多地方,子恺得益于这位老师的都很大。他的音乐、图画、文学、书法的趣味,他的品格风采,都颇近于弘一。

在我初认识他时,他就已随弘一信持佛法。不过他始终没有出家,他不忍离开他的家庭。他通常吃素,不过,做客时怕给人家麻烦,也随人吃肉边菜。他的言动举止都自然圆融,毫无拘束勉强。我认为他是一个真正了解佛家精神的。他的性情向来深挚,待人无论尊卑大小,一律蔼然可亲,也偶露侠义风味。弘一法师近来圆寂,他不远千里,亲自到加定来,请马蠲叟先生替他老师作传。即此一端,可以见他对于师友情谊的深厚。

我对于子恺的人品说这么多的话,因为要了解他的画品,必先了解他的人品。一个人须先是一个艺术家,才能创造真正的艺术。子恺从顶至踵是一个艺术家,他的胸襟,他的言动笑貌,全都是艺术的。他的作品有一点与时下一般画家不同的,就在它有至性深情的流露。子恺本来习过西画，在中国他最早作木刻，这两点对于他的作风都有显著的影响。但是这只是浮面的形象，他的基本精神还是中国的，或者说，东方的。

我知道他尝玩味前人诗词，但是我不尝看见他临摹中国旧画，他的底本大半是实际人生一片段，他看得准，察觉其中情趣，时铺纸挥毫，一挥而就。他的题材变化极多，可是每一幅都有一点令人永久不忘的东西。我二十年前看见过他的一些画稿——例如《指冷玉笙寒》《月上柳梢头》《花生米不满足》《病车》之类，到如今脑里还有很清晰的印象，而我素来是一个健忘的人。他的画里有诗意，有谐趣，有悲天悯人的意味；它有时使你悠然物外，有时使你置身市尘，也有时使你啼笑皆非，肃然起敬。他的人物装饰都是现代的，没有模拟古画仅得其形似的呆板气；可是他的境界与粗劣的现实始终维持着适当的距离。他的画极家常，造境着笔都不求奇特古怪，却于平实中寓深永之致。他的画就像他的人。

书画在中国本有同源之说。子恺在书法上曾经下过很久的功夫。他近来告诉我，他在习章草，每遇在画方面长进停滞时，他便写字，写了一些时候之后，再丢开来作画，发现画就有长进。讲书法的人都知道，笔力须经过一番艰苦的训练才能沉着稳重，墨才能入纸，字挂起来看时才显得生动而坚实，虽像是龙飞凤舞，却仍能站得稳。画也是如此。

时下一般画家的毛病就在墨不入纸，画挂起来看时，好像是飘浮在纸上，没有生根；他们自以为超逸空灵，其实是书家所谓"败笔"，像患虚症的人的浮脉，是生命力微弱的征候。我们常感觉近代画的意味太薄，这也是一个原因。子恺的画却没有这种毛病。他用笔尽管疾如飘风，而笔笔稳重沉着，像箭头钉入坚石似的。在这方面，我想他得力于他的性格，他的木刻训练和他在书法上所下的功夫。

再论周作人事件

今年4月28日出版的第十九号《文摘》,载有余士华君译自大阪《每日新闻》的一篇关于"更生中国文化建设座谈会"的记载。此会是由大阪每日新闻社召集的,日期未载明,据文稿译者的案语,说是在"月前",那大概就是3月中了。该文于谈话记载之外,附有与会者的照片,其中有"北京大学教授周作人"。

这段消息传出之后,在舆论界引起很大的注意。一般人根据这段记载纷纷痛骂周作人"附逆",做了"汉奸"。武汉方面的全国文化界抗敌协会也根据这段记载通电全国对周氏大张讨伐,说要将他驱逐于文化界之外。听说这个协会里我也忝在"理事"之列,但是始终未理其事。最近本刊载了何其芳先生的《论周作人事件》一篇文章,他的态度也和大多数人是一致的。我个人的观感略有不同。本刊同仁本来相约态度自由,文责自负,所以我把我的意见写在这里,供大家平心静气地参考。

我个人和周作人先生在北京大学同事四年,平时虽常晤谈,但说不上有什么很深的友谊。我对于他固无站在私交方面替他包办辩护的必要,但是跟着旁人去"投井下石"或是"知而不言",于心亦有未安。我所知道的周作人,说好一点是一个炉火纯青的趣味主

124

义者，说坏一点是一个老于世故怕沾惹是非者。他向来怕谈政治。"附逆""做汉奸"，他没有那种野心，也没有那种勇气。他是已过中年的人，除读书写文之外，对事不免因循。以他在日本知识界中的声望，日本人到了北平，决定包围他，利用他，这是他应该预料到的。到现在他还滞居北平，这种不明智实在是很惋惜。他滞居北平的原因我想很多，贪舒适，怕走动，或许是最重要的一个。要说是他在北平，准备做汉奸，恐怕是近于捕风捉影。

　　"更生中国文化建设座谈会"的谈话与照片是日本报纸披露出来的。其中有无歪曲事象借以宣传的用意，尚待考证。我知道北京大学另一位同事孟心史先生在北平失陷之后，曾经被日本人逼迫解释北大所藏的一幅蒙古地图，事后并且挟持他去照了一个相。日本人也想收买他，用很高的价钱去租他一座很坏的房屋。后来孟先生临死时对妻子别无嘱咐，只是叫不要把房子租给日本人。孟先生先被日本兵挟持所照的相发现于日本报纸，也很可能。如果据此断定孟先生附逆，那不是一桩冤案吗？这种冤案在这个时代是很容易发生的。几年前要陷害一个人，就指他是共产党，现在要陷害一个人，就指他是汉奸。我有两位老友，杨效春先生和李蔚唐先生，就是在合肥被人以汉奸罪诬陷致惨死的。死后大家才知道那全是冤屈，但已没法补救了。我们对于真正的汉奸必须深恶痛疾，但是不应该轻易以这种恶毒罪状加于无辜者的身上。如果轻易称人为汉奸，真汉奸反而在皂白不分里面混过去了。近来中央有明令禁止无确证而指人为伪捏，大概也有见于此。

回到日本人的问题，日本人想利用他，是事实。一直到现在为止，据北平友人来信，他还没有受利用。日本人计划恢复北平各大学，原拟周作人长北大，徐祖正长师大。后来徐祖正公然就职，周作人则始终没有答应。4月4日（在大阪《每日新闻》的消息之后）北平友人寄我一信，有下面一段话：

　　礼拜日谒知堂老人，适马幼渔在座。颇闻一二快语。是日尤方二君亦在座，方君新任议政会会计主任，其尊甫任秘书长也。二君拟办刊物，我敬谢不敏，并正言规之。二君奔走各方，事务甚忙。尤君近在近代科学图书馆授日文，月入百元。又为日人译书，月有百余元，共合二百余元。尚有闲暇办刊物，可谓风雅矣。

　　耀辰（注：徐祖正）可鄙可嗤更亦复可悯。闻真气病。当不至不起。渠此次就职后突又称病辞职，系因与黎士衡争女学生。黎长女院，不愿男师将学生拉走，故规定男师不招收女生。耀辰因此在教部与黎拍案大骂，殊属令人哭笑不得。至于院长办公室有日人帮同照料，聘请教授，须经友方审定，尚是枝节的原因。闻渠与沈启无君甚交厚。此次指定沈担任某种课程，沈不愿，要求担任他种课程。耀辰竟因之与沈大翻脸，现在不往来矣。闻耀辰为人极 sensitive，然初当何又想过院长之瘾？稻孙之寡廉鲜耻，更属禽兽衣冠。不日即返平，其人形本极委琐

不堪，任何人皆可呼之唤之，奴役之，招之代课即代课，招之传
译即传译，招之侍宴即陪席，招之开会即列坐，甚至命领新政府
官养成所之官员东渡，即顺从之不暇。想此公亦是第三种人也。
窃谓饿死事大，不敢否认，若有房屋若干所，而谓不能养廉者，
则非吾辈所能得而知之矣。

　　写这封信的人平时与周作人和徐祖正都很熟识，与钱稻孙且有
师弟之谊，因无厚于周而薄于徐、钱之必要，看他的语气对于徐、钱
则直认为附逆而表示厌恨，对于周则表示尊敬，可知外间传言不尽
可靠。最近我接到他的4月17日的信，话说得更清楚，摘录如下：

　　知老近犹晤友。自去年以来，屏绝为外间撰文。最近此间
刊物及东邻刊物犹不时索请答词。皆谓在此局面下无话可说。
且亦无工夫写文字。又渠三十年来自文学艺术方面所了解之邻
邦文化，全非那末一回事，故自此以后不再谭云。上遇有改造
社记者访问，所谭更磊落。询及对时局观察，谓此须阅报，始得
知之。惟有一点可断言者，将来结束后，两方感情较事变前必
益恶化云。又说以前有某种情绪者惟知识阶级中人，一班人皆
茫然也。将来则经此次之经验后，某种情绪必普及于民众。盖
大军所至，即极有力之宣传也。（此十周所亲闻者）此种傥论今
日之在此者恐无第二人能说得耳。以我辈视之，今日在外人目
光中仍然重视并钦迟者，惟知老一人。盖如钱、徐皆能役使之

也。人必自侮而后人侮，人必自尊而后人尊，此亦一例也。知老刻并周大、周三之眷属而养之，月入仅中基会之二百，故每日译书极勤。然生活似颇窘。闻渠二公子因不能缴费业已被中法除名。不知能向蒙自方面通輸为之设法否？

我不敢说这两封信可为周氏尚未附逆的铁证，但是我相信它们比敌报的宣传语更较可靠。总之，一切都还待事实证明，现在对于周氏施攻击或作辩护，都未免嫌过早。有人借这次大阪《每日新闻》的传言，攻击到周氏的私生活，骂他吃苦茶，妒忌鲁迅，街上遇人不打招呼。世间完全人恐怕很少，我相信周氏也难免有凡人所常有的毛病。但是这另是一问题，似不应和他是否附逆相提并论。我们对自己尽可谨严，对旁人不妨宽厚一些。明末东林名士阮大铖走上附逆的路。周作人尚非阮大铖可比。在这个时候，我们不应该把自家的人推出去，深中敌人的毒计。

（载《工作》第六期，1938年6月）

辑
三

美，让我们安顿于平凡人世间

露宿

　　由平到津的车本来只要走两三点钟就可达到，我们那天——8月12日，距北平失陷半月——整整地走了十八个钟头。晨八时起程，抵天津老站已是夜半。原先我们听人说，坐上外国饭店的车就可以闯进租界，可是那一天几家外国饭店的汽车绝对不肯通融，私车人力车乃至于搬夫是一概没有。车站距法租界还有一里路左右，这条路在夜间无人辨出。我们因为找车耽搁了时间，已赶不上跟大队人马走。走出了车站就算逃出了恐怖窟，所以大家走得快，车上那样多的人，一霎儿都散开不见了。

　　我们路不熟，遥遥望着前面几个人影子走，马路两旁站着预备冲锋似的日本兵，刺刀枪平举在手里，大有一触即发之势。我们的命就悬在他们的枪口刀锋之上，稍不凑巧，拨剌一声，便完事大吉。没有走上几步路，就有五六个日本兵拦路吼的一声，叫我们站住。我们一行四人，我以外有杨希声、上官碧和黄子默，都说不上强壮，手里都提着一个很沉重的行李箱走得喘不过气来。听到日本兵一吼，落得放下箱子喘一口气。上官碧是当过兵、走过江湖的，箱子一放下，就把两手平举起来，他知道对付拦路打劫的强盗理应如此。在这样姿势中他让日本兵遍身捏了一捏，自动地把袋里一个小皮包送过去,用他本有的温和的笑声说:"我们没有带什么,你看。"包里所藏的原来是他预备下以后漂泊用的旅费和食粮,其他自然没有什么可搜。书!知识分子的标记——自然不便带,连名片也难免惹祸事,几个通信地址是写在草纸上藏在衣角里的。

通过了这一关,我们走到万国桥。中国界与法租界相隔一条河,万国桥就跨在这条河上。桥这边是阴森恐怖,桥那边便是辉煌安逸。冲进租界吗?没有通行证。回到车站吗?那森严的禁卫着实是面目狰狞,既出了虎口自然犯不着再入虎口。到被占领的地带歇店吗?被敌兵拷问是没有人替你叫冤的。于是我们五六百同难者,除了少数由亲友带通行证接进租界去者以外,就只有在万国桥头的长堤上和人行道上露宿。这到底还是比较安全的地方,桥头站着几个法国巡捕。在他们的目光照顾之下,我们似乎得到一种保障。

时间是夜半过了。天上薄云流布,看不见星月。河里平时应该有货船和渔船,这时节都逃难去了,只留着一河死水,对岸几只电灯的倒影,到了下半夜也显得无神采了。白天里在车上闷热了一天,难得这露天里一股清凉气。但是北方的早秋之夜就寒得彻骨,我们还是穿着白天里所穿的夏衣。起初下车出站时照例有喧哗嘈杂,各人心里都有几分兴奋。后来有亲友来接的进租界去了,不能进租界的也只好铺下毯子或大衣在人行道上躺起了,寒夜的感觉、别离的感觉和流亡的感觉就都来临了。

夜,沉闷,却并不寂静,隐隐约约的炮声常从南面传来,在数十里路之外,我们的兵还在反攻,谣传一两天之内就有抢夺天津车站的企

132

图。这几天敌军的调动异常忙碌，他们出营回营都必须经过万国桥。我们躺在堤上和人行道上，中间的马路是专为他们走的，有时堤上和人行道上的"难民"互通消息，须得穿过这马路。敌兵快要来了，中国警察（那时警察还是中国人）就执着鞭子（他们没有枪）咆哮着驱逐过路的人，像赶牛赶猪似的。兵经过之前，"难民"中若是有一个人伸一伸腰杆，甚至于抬一霎儿头，警察便用鞭子指着他责骂一阵。从前皇帝出巡时，沿途警辟，声势想系如此。敌军过去了，警察们用半似解释半似恫吓的口吻向我们说："都是中国人，哪有不相卫护，诸位不知道，他们不是好惹的，若是抓了去，说不定就要送性命。"这一夜中一直到天明我们离开万国桥时为止，敌军来来往往，川流不息。有从前方开回来的伤兵。他们坐的大半是大兵车，上面蒙着油布，下面说不定还有尸体，露头面到油布外面来看的大半是用白布捆着头或手臂的。开赴前方的队伍很整秩，但是异常匆忙。步兵跟着马兵一起跑，辎兵有许多用双手把子弹箱擎在肩上跟着步兵一起跑。他们不出声息，面部也丝毫没有表情，像一大群机器人，挺着脖子向前闯。

到了两三点钟的时候，警察告诉我们，日本兵要来盘问一阵，叫我们千万别说自己是教员学生，最好说做生意，这一来我们须得乔装，在众目昭彰之下，乔装是不可能的。我们四人之中杨希声最易惹注意，他是山东大汉，又穿着一身颇讲究的西装。我呢，穿着我常穿的一件灰布大褂，上官碧也只穿一件古铜色的旧绸袍，到必要时摘下眼镜，都可以冒充一个商店伙计，我们打算好的，招认我们是徽州笔墨商。黄子默本是银行经理，没有问题。只杨希声的那套西装太尴尬，我们都很埋怨他。办法终于是有的，就说他是黄经理的帮办吧。这只还是一场虚惊。敌军随便挑问几个人，也带了几个人去。我们幸而没有被光顾。

我们头一夜就没有睡觉，在闷、热、臭的车中枯坐了十八个钟头，饭没有吃，水没有喝。露宿时本打算胡乱地睡一觉，可是并没有瞌睡，大家只是不断地抽烟，烟越抽，口里越渴燥。上官碧带了两个橙子，四个人分吃，不济事。巡警打了几桶冷水来，人多，一轰而尽。渴还是小事，天老是不亮，亮后又怎样办呢？黄经理自以为有把握，只等天亮打电话叫租界里朋友来接就行了。许多同难者都说租界里只在夜间戒严，天亮时他们自然会让我们进去。上官碧本来事事乐观，杨希声更是好整以暇的绅士，都以为天一亮就有办法。天果然亮了，问电话，华界与租界的电线已断。眼看同难者一批一批地被亲友接进租界去，我们向法国巡警交涉，没有通行证就不能通行，话说得非常干脆。这时候黄经理也没有把握了，上官碧也不乐观了，杨希声的绅士风度也完全消失了，我呢，老是听天由命。大家面面相觑，着急，打没有主意的主意，懊悔不该离北平。天不绝无路之人，有一个同行者替我们带了口信给住在六国饭店的钱端公。若不是钱端公拿通行证来接，说不定第二夜我们还是在万国桥头做难民，或是抓到日本宪兵司令部里去。第二夜下瓢泼大雨，北平来的学生被抓去的有几十人之多。

（载《工作》第二期，1938年4月）

花会

紫陌红尘拂面来，无人不道看花回。

——刘禹锡

成都整年难得见太阳，全城的人天天都埋在阴霾里，像古井阑的苔藓，他们浑身染着地方色彩，浸润阴幽、沉寂，永远在薄雾浓云里度过他们的悠悠岁月。他们好闲，却并不甘寂寞，吃饭、喝茶、逛街、看戏，都向人多的处所挤。挤来挤去，左右不过是那几个地方。早上坐少城公园的茶馆，晚上逛春熙路、西东大街以及满街挂着牛肉的皇城坎，你会想到成都人没有在家里坐着的习惯，有闲空总得出门，有热闹总得挨凑进去。成都人的生活可以说是"户外的"，但是同时也是"城里的"。翻来覆去，总跳不出这个城圈子，五十万的人口、几十方里的面积，形成一种大规模的蜂巢蚁穴。所以表面看来，车如流水马如龙，无处不是骚动，而实际上这种骚动只是蛰伏式的蠕动，像成都一位老作家所说的"死水微澜"。

花会时节是成都人的惊蛰期。举行花会的地方是西门外的青羊宫。这座大道观据说是从唐朝遗留下来的。花会起于何朝何代，尚待考据家去推断，大概来源也很早。成都的天气是著名的阴沉，但在阳春三月，风光却特别明媚，春来得迟，一来了，气候就猛然由温暖而热燥，所以在其他地带分季开放的花卉在成都却连班出现。梅花茶花没有谢，接着就是桃杏，桃杏没有谢，接着就是木槿剑兰芍药。在三月里你可以同时见到冬春夏三季的花。自然，最普遍的花要算菜花。成都大平原纵横有五六百里路之广。三月间登高一望，视线所能达到的地方尽是菜花麦苗，金黄一片，杂以油绿，委实是一种大观。在太阳之下，花光草色如怒火放焰，闪闪浮动，固然显出山河浩荡生气蓬勃的景象，有时春阴四布，小风薄云，苗青鹊静，亦别有一番清幽情致。这时候成都人，无论是男女老少，便成群结队地出城游春了。

　　游春自然是赶花会。花会之名并不副实。陈列各种时花的地方是庙东南一个偏僻的角落。所陈列的不过是一些普通花卉，并无名品，据说今年花会未经政府提倡，没有往年的热闹，外县以及本城的名园都没有把他们的珍品送来。无论如何，到花会来的人重要目的并不在看花而在凑热闹看人。成都人究竟是成都人，丢不开那古老城市的风俗习惯。花会场所还是成都城市的具体而微。古董摊和书画摊是成都搬来的会府和西玉龙街，铜铁摊是成都搬来的东御街，著名的吴抄手在此有临时分店，临时茶馆、菜馆、面馆更简直都还是成都城里的那种气派。每个菜馆后面差不多都有个篾篷，一个大篾箱似的东西只留着一个方孔做门，门上挂着大红布帘。里面锣鼓喧阗、川戏、相声、扬琴、大鼓、杂耍，应有尽有。纵横不过一里的地方，除着成都城里所有的形形色色之外，还有乡下人摆的竹器、木器花根谷种以至于锄头、菜刀、水桶、烟杆之类。地方小，花样多，所以挤，所以热闹。大家来此，吃、喝、买、卖、"耍"、看，城里人来看乡下人，乡下人来看城里人，男的来看女的，女的来看男的。好一幅仇十洲的《清明上河图》，虽然它所表现的不尽是太平盛世的攘往熙来的盛况。

除掉几条繁盛街道之外，成都在大体上还保存着古代城市的原始风味。舶来品尽管在电光闪烁之下惊心夺目，在幽暗僻静的街道里，铜铁匠还是用钉锤锻生铜制锅制水烟袋，织工们还是在竹筐撑紧的蜀锦上一针一线地绣花绣鸟。所有的道地的工商业都还是手工品的工商业。他们的制法和用法都有很长久的传统做基础。要是为实用的，它们必定是坚实耐久；要是为玩耍的，它们必定是精细雅致。一个水桶的提手横木可以粗得像屋梁，一茎狗尾草叶可以编成口眼脚翅全具的蚱蜢或蜻蜓。只要你还保存有几分稚气，花会中所陈列的这些大大小小的物品件件都很可以使你流连。假如你像我的话，有一个好玩的小孩子，你可注意的东西就更多，风车、泥人、木马、小花篮，以及许多形形色色的小玩具都可以使你自慰不虚此行。此外，成都人古董书画之癖在花会里也可以略窥一二。老君堂的里外前后的墙壁都挂满着字画，台阶上都摆满着碑帖。自然，像一般的中国人，成都人也很会制造假古董，也很喜欢买假古董。花会之盛，这也是一个原因。

花会之盛还另有一个原因，就是在一般人心理中，青羊宫里所供奉的那位李老君是神通广大的道教祖。青羊者据说是李老君西升后到成都显圣所骑的牲畜。后人纪念这个圣迹，立祠奉祀。于今青羊宫正殿里还有两头青铜铸成的羊子，一牝一牡，牝左牡右。单讲这两匹羊的形样，委实是值得称赞的艺术品。到花会的人少不得都要摸一摸这两匹羊。据说有病的人摸它们一摸，病就会自然痊愈。摸的地方也有讲究，头病摸头，脚病摸脚，错乱不得。古往今来病头病脚以及病非头非脚的地方者大概不少，所以于今这两匹羊周身被摸得精光。羊尚如此，老君本人可知，于是老君堂上满挂着前朝巡抚提督现代省长督军亲书或请人代书的匾额。金光四射，煞是妙相庄严，到此不由人不肃然起敬，何况青羊宫门槛之高打破任何纪录！祈财、祈子、祈福、祈寿、祈官，都得爬过这高门槛向老君进香。爬这高门槛的身手不同，奇态便不免百出。七八十岁的老太太须得放下拐杖，用双手伏在门槛上，然后徐徐把双脚迈过去。至于摩登小姐也有提起旗袍叉（衩）口，一大步就迈过去的。大殿上很整秩地摆着一列又一列的棕制蒲团。跪在蒲团上捧香默祷的有乡下佬，有达官富商，也有脚踏高跟皮鞋襟口挂着自来水笔的摩登小姐，如上文所云一大步就迈过门户槛的。在这里新旧两代携手言欢，各表心愿。香炉之旁，例有钱桶。花会时钱桶易满。站在香炉旁烧香的道士此时特别显得油光滑面，喜笑颜开。"临邛道士鸿都客，能以精诚致魂魄。"此风至今未泯也。

成都素有小北平之称。熟悉北平的人看到花会自然联想到厂甸的庙会，它们都是交易、宗教、游玩打成一片的。单就陈列品说，厂甸较为丰富精美，但是就天时与地利说，成都花会赶春天在乡村举行，实在占不少的便宜。逛花会不仅是可以凑热闹，买玩意儿，祈财求子,还可以趁风和日暖的时候吐一吐城市的秽浊空气,有如古人的修禊,青羊宫本身固然也不很清洁,那里人山人海中的空气也不见得清新。可是花会逛过了,沿着城西郊马路回城,或是刚出城时沿着城西郊赴花会,平畴在望,清风徐来,路右边一阵又一阵的男男女女带着希望去,左边一阵又一阵的男男女女提着风车或是竹篮回来。真所谓"无边光景一时新",你纵是老年人,也会觉得年轻十岁了。人过中年,难得常有这样少年的兴致。让我赞美这成都花会啊!

1938年

慈慧殿三号

　　慈慧殿并没有殿，它只是后门里一个小胡同，因西口一座小庙得名。庙中供的是什么菩萨，我在此住了三年，始终没有去探头一看，虽然路过庙门时，心里总是要费一番揣测，慈慧殿三号和这座小庙隔着三四家居户，初次来访的朋友们都疑心它是庙，至少，它给他们的是一座古庙的印象，尤其是在树没有叶的时候；在北平，只有夏天才真是春天，所以慈慧殿三号像古庙的时候是很长的。它像庙，一则是因为它荒凉，二则是因为它冷清，但是最大的类似点恐怕在它的建筑，它孤零零地兀立在破墙荒园之中，显然与一般民房不同。这三年来，我做了它的临时"住持"，到现在仍没有请书家题一个某某斋或某某馆之类的匾（匾）额来点缀，始终很固执地叫它"慈慧殿三号"，这正如有庙无佛，多一事不如省一事。

　　慈慧殿三号的左右邻家都有崭新的朱漆大门，它的破烂污秽的门楼居在中间，越发显得它是一个破落户的样子。一进门，右手是一个煤栈，是今年新搬来的，天晴时天井里右方隙地总是晒着煤球，有时门口停着运煤的大车以及它所应有的附属品——黑麻布袋、黑牲口、满面涂着黑煤灰的车夫。在北方居住过的人会立刻联想到一种类型的龌龊场所，一黏上煤没有不黑不脏的，你想想德胜门外、门

140

头沟车站或是旧工厂的锅炉房，你对于慈慧殿三号的门面就可以想象得一个大概。

和煤栈对面的——仍然在慈慧殿三号疆域以内——是一个车房，所谓"车房"就是停人力车和人力车夫居住的地方。无论是停车的或是住车夫的房子照例是只有三面墙，一面露天。房子对于他们的用处只是遮风雨；至于防贼，掩盖秘密，都全是另一个阶级的需要。慈慧殿三号的门楼左手只有两间这样三面墙的房子，五六个车子占了一间；在其余的一间里，车夫、车夫的妻子和猫狗进行他们的一切活动：做饭、吃饭、睡觉、养儿子、会客谈天等。晚上回来，你总可以看见车夫和他的大肚子的妻子"举案齐眉"式地蹬（蹲）在地上用晚饭，房东看门的老太婆捧着长烟杆，闭着眼睛，坐在旁边吸旱烟。有时他们围着那位精明强干的车夫听他演说时事或故事。虽无瓜架豆棚，却是乡村式的太平岁月。

这些都在二道门以外。进二道门一直望进去是一座高大而空阔的四合房子。里面整年地鸦雀无声，原因是唯一的男主人天天是夜出早归，白天里是他的高卧时间；其余尽是妇道之家，都挤在最后一进房子，让前面的房子空着。房子里面从"御赐"的屏风到四足不全的椅凳都已逐渐典卖干净，连这座空房子也已经抵押了超过卖价的债项。这里面七八口之家怎样撑持他们的槁木死灰的生命是谁也猜不出来的疑案。在三十年以前他们是声威煊赫的"皇代子"，杀人不用偿命的。我和他们整年无交涉，除非是他们的"大爷"偶尔拿一部宋拓圣教序或是一块端砚来向我换一点烟资，他们的小姐们每年照例到我的园子里来两次，春天来摘一次丁香花，秋天来打一次枣子。

煤栈、车房、破落户的旗人，北平的本地风光算是应有尽有了。我所住持的"庙"原来和这几家共一个大门出入，和他们公用"慈慧殿三号"的门牌，不过在事实上是和他们隔开来的。进二道门之后向右转，当头就是一道隔墙。进这隔墙的门才是我所特指的"慈慧殿三号"。本来这园子的几十丈左右长的围墙随处可以打一个孔，开一个独立的门户。有些朋友们嫌大门口太不像样子，常劝我这样办，但是我始终没有听从，因为我舍不得煤栈车房所给我的那一点劳动生活的景象，舍不得进门时那一点曲折和垮（跨）进园子时那一点突然惊讶。如果自营一个独立门户，这几个美点就全毁了。

从煤栈车房转弯走进隔墙的门，你不能不感到一种突然惊讶。如果是早晨的话，你会立刻想到"清晨入古寺，初日照高林，曲径通幽处，禅房花木深"几句诗恰好配用在这里的。百年以上的老树到处都可爱，尤其是在城市里成林；什么种类都可爱，尤其是松柏和楸。这里没有一棵松树，我有时不免埋怨百年以前经营这个园子的主人太疏忽。柏树也只有一棵大的，但是它确实是大，而且一走进隔墙门就是它，它的浓阴布满了一个小院子，还分润到三间厢房。柏树以外，最多的是枣树，最稀奇的是楸树。北平城里人家有三棵两棵楸树的便视为珍宝。这里的楸树一数就可以数上十来棵，沿后院东墙脚的一排七棵俨然形成一段天然的墙。我到北平以后才见识楸树，一见就欢喜它。它在树木中间是神仙中间的铁拐李，《庄子》所说的"大本臃肿而不中绳墨,小枝卷曲而不中规矩",拿来形容楸似乎比形容樗更恰当。最奇怪的是这臃肿卷曲的老树到春天来会开类似牵牛的白花,到夏天来会放类似桑榆的碧绿的嫩叶。这园子里树木本来就很杂乱,大的小的,高的低的,不伦不类地混在一起;但是这十来棵楸树在杂乱中辟出一个头绪来,替园子注定一个很明显的个性。

我不是能雇用园丁的阶级中人,要说自己动手拿锄头喷壶吧,一时兴到,容或暂以此为消遣,但是"一日曝之,十日寒之",究竟无济于事,所以园子终年是荒着的。一到夏天来,狗尾草、蒿子、前几年枣核落下地所长生的小树,以及许多只有植物学家才能辨别的草都长得有腰深。偶尔栽几棵丝瓜、玉蜀黍,以及西红柿之类的蔬菜,到后来都没在草里看不见。我自己特别挖过一片地,种了几棵芍药,两年没有开过一朵花。所以园子里所有的草木花都是自生自长用不着人经营的。秋天栽菊花比较成功,因为那时节没有多少乱草和它做剧烈的"生存竞争"。这一年以来,厨子稍分余暇来做"开荒"的工作,但是乱草总是比他勤快,随拔随长,日夜不息。如果任我自己的脾胃,我觉得对于园子还是取绝对的放任主义较好,我的理由并不像浪漫时代诗人们所怀想的,并不是要找一个荒凉凄惨的境界来配合一种可笑的伤感。我欢喜一切生物和无生物尽量地维持它们的本来面目,我欢喜自然的粗率和芜乱,所以我始终不能真正地欣赏一个很整齐有秩序,路像棋盘,常青树剪成几何形体的园子,这正如我不喜欢赵子昂的字、仇英的画,或是一个中年妇女的油头粉面。我不要求房东把后院三间有顶无墙的破屋拆去或修理好，也是因为这个缘故。它要倒塌，就随它自己倒塌去；它一日不倒塌，我一日尊重它的生存权。

　　园子里没有什么家畜动物。三年前宗岱和我合住的时节，他在北海里捉得一只刺猬回来放在园子里养着。后来它在夜里常做怪声气，惹得老妈见神见鬼。近来它穿墙迁到邻家去了，朋友送了一只小猫来，算是补了它的缺。鸟雀儿北方本来就不多，但是因为几十棵老树的招邀，北方所有的鸟雀儿这里也算应有尽有。常年的顾客要算老鸹。它大概是鸦的别名，不过我没有下过考证。在南方它是不祥之鸟，在北方听说它有什么神话传说保护它，所以它虽然那样的"语言无谓，面目可憎"，却没有人肯剿灭它。它在鸟类中大概是最爱叫苦爱吵嘴的。你整年都听它在叫，但是永远听不出一点叫声是表现它对于生命的欣悦。在天要亮未亮的时候，它叫得特别起劲，它仿佛拼命地不让你享受香甜的晨睡，你不醒，它也引你做惊惧梦。我初来时曾买了弓弹去射它，后来弓坏了，弹完了，也就只得向它投降。反正披衣冒冷风起来驱逐它，你也还是不能睡早觉。老鸹之外，麻雀甚多。无可记载。秋冬之季常有一种颜色极漂亮的鸟雀成群飞来，形状很类似画眉，不过不会歌唱。宗岱在此时硬说它来有喜兆，相信它和他请铁板神算家所批的八字都预兆他的婚姻恋爱的成功，但是他的讼事终于是败诉，他所追求的人终于是高飞远扬。他搬走以后，这奇怪的鸟雀到了节令仍旧成群飞来。鉴于往事，我也就不肯多存奢望了。

有一位朋友的太太说慈慧殿三号颇类似《聊斋志异》中所常见的故家宅第，"旷废无居人，久之蓬蒿渐满，双扉常闭，白昼亦无敢入者……"但是如果有一位好奇的书生在月夜里探头进去一看，会瞟见一位散花天女，嫣然微笑，叫他"不觉神摇意夺"，如此等情……我本凡胎，无此缘分，但是有一件"异"事也颇堪一"志"。有一天晚上，我躺在沙发上看书，凌坐在对面的沙发上共着一盏灯做针线，一切都沉在寂静里，猛然间听见一位穿革履的女人滴滴答答地从外面走廊的砖地上一步一步地走进来。我听见了，她也听见了，都猜着这是沉樱来了——她有时踏这种步声走进来。我走到门前掀帘子去迎她，声音却没有了，什么也没有看见。后来再四推测所得的解释是街上行人的步声，因为夜静，虽然是很远，听起来就好像近在咫尺。这究竟很奇怪，因为我们坐的地方是在一个很空旷的园子里，离街很远，平时在房子里绝对听不见街上行人的步声，而且那次听见步声分明是在走廊的砖地上。这件事常存在我的心里，我仿佛得到一种启示，觉得我在这城市中所听到的一切声音都像那一夜所听到的步声，听起来那么近，而实在却又那么远。

1936年

后门大街

　　人生第一乐趣是朋友的契合。假如你有一个情趣相投的朋友居在邻近，风晨雨夕，彼此用不着走许多路就可以见面，一见面就可以毫无拘束地闲谈，而且一谈就可以谈出心事来，你不嫌他有一点怪脾气，他也不嫌你迟钝迂腐，像约翰逊和鲍斯韦尔在一块儿似的，那你就没有理由埋怨你的星宿。这种幸福永远使我可望而不可攀。首先，我生性不会谈话，和一个朋友在一块儿坐不到半点钟，就有些心虚胆怯，刻刻意识到我的呆板干枯叫对方感到乏味。谁高兴向一个只会说"是的""那也未见得"之类无谓语的人溜嗓子呢？其次，真正亲切的朋友都要结在幼年，人过三十，都不免不由自主地染上一些世故气，很难结交真正情趣相投的朋友。"相识满天下，知心能几人？"虽是两句平凡语，却是慨乎言之。因此，我唯一的解闷的方法就只有逛后门大街。

　　居过北平的人都知道北平的街道像棋盘线似的依照对称原则排列。有东四牌楼就有西四牌楼，有天安门大街就有地安门大街。北平的精华可以说全在天安门大街。它的宽大、整洁、辉煌，立刻就会使你觉到它象征一个古国古城的伟大雍容的气象。地安门（后门）大街恰好给它做一个强烈的反衬。它偏僻、阴暗、湫隘、局促，没有一点可以叫一个初来的游人留恋。我住在地安门里的慈慧殿，要出去闲逛，就只有这条街最就便。我无论是阴晴冷热，无日不出门闲逛，一出门就很机械地走到后门大街。它对于我好比一个朋友，虽是平凡无奇，因为天天见面，很熟悉，也就变成很亲切了。

　　从慈慧殿到北海后门比到后门大街也只远几百步路。出后门，一直向北走就是后门大街，向西转稍走几百步路就是北海。后门大街我无日不走，北海则从老友徐中舒随中央研究院南迁以后（他原先住在北海），我每周至多只去一次。这并非北海对于我没有意味，我相信北海比我所见过的一切园子都好，但是北海对于我终于是一种奢侈，好比乡下姑娘的唯一的一件漂亮衣，不轻易从箱底翻出来穿一穿的。有时我本预备去北海，但是一走到后门，就变了心眼，一直朝北去走大街，不向西转那一个弯。到北海要买门票，花二十枚铜子是小事，免不着那一层手续，究竟是一种麻烦；走后门大街可以长驱直入，没有站岗的向你伸手索票，打断你的幻想。这是第一个分别。在北海逛的是时髦人物，个个是衣裳楚楚，油头滑面的。你头发没有梳，胡子没有光，鞋子也没有换一双干净的，"囚首垢面而谈诗书"，已经是大不韪，何况逛公园？后门大街上走的尽是贩夫走卒，没有人嫌你怪相，你可以彻底地"随便"。这是第二个分别。逛北海，走到"仿膳"或是"漪澜堂"的门前，你不免想抬头看看那些喝茶的中间有你的熟人没有，但是你又怕打招呼，怕那里有你的熟人，故意地低着头匆匆地走过去，像做了什么坏事似的。在后门大街上你准碰不见一个熟人，虽然常见到彼此未通过姓名的熟面孔，也各行其便，用不着打无谓的招呼。你可以尽量地饱尝着"匿名者"（incognito）的心中一点自由而诡秘的意味。这是第三个分别。因为这些缘故，我老是牺牲北海的朱梁画栋和香荷绿柳而独行踽踽于后门大街。

到后门大街我很少空手回来。它虽然是破烂，虽然没有半里路长，却有十几家古玩铺、一家旧书店。这一点点缀可以见出后门大街也曾经过一个繁华时代，阅历过一些沧桑岁月，后门旧为旗人区域，旗人破落了，后门也就随之破落。但是那些破落户的破铜破铁还不断地送到后门的古玩铺和荒货摊。这些东西本来没有多少值得收藏的，但是偶尔遇到一两件，实在比隆福寺和厂甸的便宜。我花过四块钱买了一部明初拓本《史晨碑》，六块钱买了二十几锭乾隆御墨，两块钱买了两把七星双刀，有时候花几毛钱买一个瓷瓶、一张旧纸，或是一个香炉。这些小东西本无足贵，但是到手时那一阵高兴实在是很值得追求，我从前在乡下时学过钓鱼，常蹭（蹲）半天看不见浮标晃影子，偶然钓起来一个寸长的小鱼，虽明知其不满一咽，心里却非常愉快，我究竟是钓得了，没有落空。我在后门大街逛古董铺和荒货摊，心情正如钓鱼。鱼是小事，钓着和期待着有趣，钓得到什么，自然更是有趣。许多古玩铺和旧书店的老板都和我由熟识而成好朋友。过他们的门前，我的脚不由自主地踏进去。进去了，看了半天，件件东西都还是昨天所见过的。我自己觉得翻了半天还是空手走，有些对不起主人；主人也觉得没有什么新东西可以卖给我，心里有些歉然。但是这一点不尴尬，并不能妨碍我和主人的好感，到明天，我的脚还是照旧地不由自主地踏进他的门，他也依旧打起那副笑面孔接待我。

后门大街龌龊，是毋庸讳言的。就目前说，它虽不是贫民窟，一切却是十足的平民化。平民的最基本的需要是吃，后门大街上许多活动都是根据这个基本需要而在那里川流不息地进行。假如你是一个外来人在后门大街走过一趟之后，坐下来搜求你的心影，除着破铜破铁破衣破鞋之外，就只有青葱大蒜、油条烧饼和卤肉肥肠，一些油腻腻灰灰土土的七三八四和苍蝇骆驼混在一堆在你的昏眩的眼帘前晃影子。如果你回想你所见到的行人，他不是站在锅炉旁嚼烧饼的洋车夫，就是坐在扁担上看守大蒜咸鱼的小贩。那里所有的颜色和气味都是很强烈的。这些混乱而又秽浊的景象有如陈年牛酪和臭豆腐乳，在初次接触时自然不免惹起你的嫌恶；但是如果你尝惯了它的滋味，它对于你却有一种不可抵御的引诱。

别说后门大街平凡，它有的是生命和变化！只要你有好奇心，肯乱窜，在这不满半里路长的街上和附近，你准可以不断地发现新世界。我逛过一年以上，才发现路西一个夹道里有一家茶馆。花三大枚的水钱，你可以在那儿坐一晚，听一部《济公传》或是《长坂坡》。至于火神庙里那位老拳师变成我的师傅，还是最近的事。你如果有幽默的癖性，你随时可以在那里寻到有趣的消遣。有一天晚上我坐在一家旧书铺里，从外面进来一个跛子，向店主人说了关于他的生平一篇可怜的故事，讨了一个铜子出去，我觉得这人奇怪，就起来跟在他后面走，看他跛进了十几家店铺之后，腿子猛然直起来，踏着很平稳安闲的大步,唱"我好比南来雁",沉没到一个阴暗的夹道里去了。在这个世界里的人们,无论他们的生活是复杂或简单,关于谁你能够说,"我真正明白他的底细"呢?

　　一到了上灯时候,尤其在夏天,后门大街就在它的古老躯干之上尽量地炫耀近代文明。理发馆和航空奖券经理所的门前悬着一排又一排的百支烛光的电灯,照相馆的玻璃窗里所陈设的时装少女和京戏名角的照片也越发显得光彩夺目。家家洋货铺门上都张着无线电的大口喇叭,放送京戏鼓书相声和说不尽的许多其他热闹玩意儿。这时候后门大街就变成人山人海,左也是人,右也是人,各种各样的人。少奶奶牵着她的花簌簌的小儿女,羊肉店的老板扑着他的芭蕉叶,门衫黑裙和翻领卷袖的学生们抱着膀子或是靠着电线杆,泥瓦匠坐在阶石上敲去旱烟筒里的灰,大家都一起心领神会似的在听,在看,在发呆。在这种时会,后门大街上准有我;在这种时会,我丢开几十年教育和几千年文化在我身上所加的重压,自自在在地沉没在贤愚一体、皂白不分的人群中,尽量地满足牛要跟牛在一块、蚂蚁要跟蚂蚁在一块那一种原始的要求。我觉得自己是这一大群人中的一个人,我在我自己的心腔血管中感觉到这一大群人的脉搏的跳动。

　　后门大街。对于一个怕周旋而又不甘寂寞的人,你是多么亲切的一个朋友!

1936年

150

辑
四

美，让我们在瞬间触及永恒

诗人的孤寂

　　心灵有时可互相渗透，也有时不可互相渗透。在可互相渗透时，彼此不劳唇舌，就可以默然相喻；在不可渗透时，隔着一层肉就如隔着一层壁，夫子以为至理，而我却以为孟浪。惠子问庄子："子非鱼，安知鱼之乐？"庄子反问惠子："子非我，安知我不知鱼之乐？"谈到彻底了解时，人们都是隔着星宿住的，长电波和短电波都不能替他们传达消息。

　　比如眼前这一朵花，你所见的和我所见的完全相同吗？你所嗅的和我所嗅的完全相同吗？你所联想的和我所联想的又完全相同吗？"天下之耳相似焉，师旷先得我心之所同然者。"这是一句粗浅语。你觉得香的我固然也觉得香，你觉得和谐的我固然也觉得和谐，但是香的、和谐的，都有许多浓淡、深浅的程度差别。毫厘之差往往谬以千里。法国诗人魏尔兰（Verlaine）所着重的nuance，就是这浓淡、深浅上的毫厘差别。一般人较量分寸而不暇剖析毫厘，以为毫厘的差别无关宏旨，但是古代寓言不曾明白地告诉我们，压死骆驼的重量就是最后的一茎干草吗？

　　凡是情绪和思致，愈粗浅，愈平凡，就愈容易渗透；愈微妙，愈不寻常，就愈不容易渗透。一般人所谓"知解"都限于粗浅的皮相，把香的同认作香，臭的同认作臭，而浓浓深浅上的毫厘差别是无法可以从这个心灵渗透到那个心灵里去的。在粗浅的境界我们都是兄弟，在微妙的境界我们都是秦越。曲愈高，和愈寡，这是心灵交通的公例。

诗人所以异于常人者在感觉锐敏。常人的心灵好比顽石，受强烈震撼才生颤动，诗人的心灵好比蛛丝，微嘘轻息就可以引起全体的波动。常人所忽视的毫厘差别对于诗人却是奇思幻想的根源。一点沫水便是大自然的返影，一阵螺壳的啸声便是大海潮汐的回响。在眼球一流转或是肌肤一蠕动中，诗人能窥透幸运者和不幸运者的心曲。他与全人类和大自然的脉搏一齐起伏震颤，然而他终于是人间最孤寂者。

诗人有意要"孤高自赏"吗？他看见常人不经见的景致不曾把它描绘出来吗？他感到常人不经见的情调不曾把它抒写出来吗？他心中本有若饥若渴的热望，要天下人都能同他在一块儿赞叹感泣，但是谁能够跟他上干九天下穷深渊呢？在心灵探险的途程上，诗人于是不得不独行踽踽了。

一般人在心目中，这位独行踽踽者是什么样的一个人呢？诗人布朗宁（Browning）在《当代人的观感》一首诗里写过一幅很有趣的画像。误解、猜疑、谣诼是相因而至的。你看那位穿着黑色大衣的天天牵着一条老狗，在不是散步的时候在街上踱来踱去，他真是一个怪人！——诗人的当代人这样想。他一会儿拿手杖敲街砖，一会儿又探头看鞋匠补鞋。你以为他的眼睛不在看你吧，你打了马，骂了老婆，他都原原本本地知道了。他大概是一个暗探。据说他每天写一封信给皇上。甲被捕，乙失踪，恐怕都是他弄的把戏。皇上每月究竟给他多少薪俸呢？有一件事我是知道很清楚的。他住在桥边第三家，每晚他的屋里满张华烛，他把脚放在狗背上坐着，二十个裸体的姑娘服侍他进膳。但是这位怪人所住的实在是一间顶楼角屋，死的时候活像一条熏鱼！一般人对于诗人的了解如此。

一般人不能把读诗看作一种时髦的消遣吗？伦敦纽约的街头不也摆满着皮面金装的诗集，让老太婆和摩登小姐买作节礼吗？是的，群众本来是道地的势利鬼，就是诗人，到了大家都叫好之后，还怕没有人拿称羡暴发户的心理去称羡他！群众所叫好的都是前一代的诗人，或是模仿前一代诗人的诗人。他们的音调都已在耳鼓里震得烂熟，听得惯所以觉得好。如果有人换一个音调，他就不免"对牛弹琴"了。

"诗人"这个名字在希腊文的意义是"创作者"。凡真正诗人都必定避开已经踏烂的路去另开新境，他不仅要特创一种新风格来表现一种新情趣，还要在群众中创出一种新趣味来欣赏他的作品。但是这事谈何容易？英国的华兹华斯和济慈，法国的波得莱尔和马拉梅，费了几许力量，才在诗坛上辟出一种新趣味来？"千秋万岁名"往往是"寂寞身后事"，诗人能在这不可知的后世寻得安慰吗？汤姆生在《论雪莱》一文里骂得好："后世人！后世人跑到罗马去溅大泪珠，去在济慈的墓石上刻好听的谀语，但是海深的眼泪也不能把枯骨润回生！"

阿里斯托芬在柏拉图的《会饮篇》里说，人原来是一体，上帝要惩罚他的罪过，把他截成两半，才有男有女。所谓"爱情"就是这已经割开的两半要求会合还原为一体。真正的恋爱应该是两个心灵的忻合无间，因此，许多诗人在山穷水尽时都想在恋爱中掘出一种生命的源泉。像莎士比亚所歌唱的：

> 这里没有仇雠，
>
> 不过天寒冷一点，风暴烈一点。

但是从历史看，诗人中很少有成功的恋爱者。布朗宁最幸运，能够把世人看不见的那半边月亮留给他的爱人看。此外呢？玛丽·雪莱也算是一个近于理想的人物了。哪一个妻子曾经像她那样了解而且尊敬一个空想者的幻梦？但是雪莱在那不勒斯所做的感伤诗，却又藏着不让她看见的必要，他沉水之后，玛丽替他编辑诗集，发见了那首感伤诗，在附注中一方面自咎，另一方面把她丈夫的悲伤推原到他的疾病。读雪莱的原诗和他夫人的附注，谁不觉得这美满姻缘中的伤心语比蔡女的胡笳、罗兰的清角，还更令人生人世无可如何之叹呢？然而这是雪莱的错处吗？玛丽的错处吗？错处都不在他们，所以这部悲剧更沉痛。人的心灵本来都有不可渗透的一部分，这在恋爱者中间也不能免。

波得莱尔有一首散文诗，叫作《穷人的眼睛》，以日常情节传妙想，很值得我们援引。我们的诗人陪着他的佳侣坐在一间新开张的咖啡店里。一个穷人带着两个小孩子过路，看见咖啡店的陈设漂亮，六只大眼睛都向里面呆望着。

那位父亲的眼睛仿佛说："真漂亮！天下的黄金怕都关在

这所房子里了。"大孩子的眼睛仿佛说:"真漂亮! 真漂亮! 但是进去的人们都不是我们这种人。"小孩子望得太出神了,眼睛只表现一种呆拙而深沉的欣羡。

诗人们说过,娱乐能使人心慈祥。那一天晚上,这句话对于我算是说中了。我不仅被这六只眼睛引起怜悯,而且看见奢侈的杯和瓶,不免有些惭愧。我把眼睛转过来注视你的眼睛,亲爱的,预备在你的眼睛里印证同感,我注视你那双美丽而温柔的眼,注视你那双蔚蓝而活跃的、像月神所依附的眼,而你却向我说:"这般睁着车门似的大眼向我们呆望的人们真怪讨嫌!你不能请店主人把他们赶远些吗?"

亲爱的天使,互相了解真不是易事,连恋爱者中间,心灵也是这样不可互相渗透!

连恋爱者中间,心灵也是这样不可互相渗透,遑问其他!梅特林克说有人告诉过他,"我和我的妹妹在一块住了二十年之久,到我的母亲临死的那一顷刻,我才第一次看见了她"。这实在是一句妙语。我们身旁都围着许多"相识"的人,其实我们何尝"看见"他们,他们又何尝"看见"我们呢?

西班牙一位诗人说得好:"人在投胎之前就被注定了罪的。"各个人面上都蒙着一层网,连他自己也往往无法揭开。人是以寂寞为苦的动物,而人的寂寞却最不容易打破。隔着一层肉,如隔一层壁,人是生来就注定了要关在这种天然的囚牢里面的啊!

文学的趣味

　　文学作品在艺术价值上有高低的分别，鉴别出这高低而特有所好，特有所恶，这就是普通所谓趣味。辨别一种作品的趣味就是评判，玩索一种作品的趣味就是欣赏，把自己在人生自然或艺术中所领略得的趣味表现出来就是创造。趣味对于文学的重要于此可知。文学的修养可以说就是趣味的修养。趣味是一个比喻，由口舌感觉引申出来的。它是一件极寻常的事，却也是一件极难的事。虽说"天下之口有同嗜"，而实际上"人莫不饮食也，鲜能知味"。它的难处在没有固定的客观的标准，而同时又不能完全凭主观的抉择。说完全没有客观的标准吧，文章的美丑犹如食品的甜酸，究竟容许公是公非的存在；说完全可以凭客观的标准吧，一般人对于文艺作品的欣赏有许多个别的差异，正如有人嗜甜，有人嗜辣。在文学方面下过一番功夫的人都明白文学上趣味的分别是极微妙的，差之毫厘往往谬以千里。极深厚的修养常在毫厘之差上见出，极艰苦的磨炼也常是在毫厘之差上做功夫。

　　举一两个实例来说。南唐中主的《浣溪沙》是许多读者所熟读的：

菡萏香销翠叶残，西风愁起绿波间。还与韶光共憔悴，不堪看。

　　细雨梦回鸡塞远，小楼吹彻玉笙寒。多少泪珠何限恨，倚阑干。

　　冯正中、王荆公诸人都极赏"细雨梦回"二句，王静安在《人间词话》里却说："菡萏香销二句大有众芳芜秽美人迟暮之感，乃古今独赏其细雨梦回二句，故知解人正不易得。"《人间词话》又提到秦少游的《踏莎行》，这首词最后两句是"郴江幸自绕郴山，为谁流下潇湘去"，最为苏东坡所叹赏；王静安也不以为然："少游词境最为凄婉，至'可堪孤馆闭春寒，杜鹃声里斜阳暮'，则变而为凄厉矣。东坡赏其后二语，犹为皮相。"

　　这种优秀的评判正足见趣味的高低。我们玩味文学作品时，随时要评判优劣，表示好恶，就随时要显趣味的高低。冯正中、王荆公、苏东坡诸人对于文学不能说算不得"解人"，他们所指出的好句也确实是好，可是细玩王静安所指出的另外几句，他们的见解确不无可议之处，至少是"郴江绕郴山"二句实在不如"孤馆闭春寒"二句。几句中间的差别微妙到不易分辨的程度，所以容易被人忽略过去。可是它所关却极深广，赏识"郴江绕郴山"的是一种胸襟，赏识"孤馆闭春寒"的另是一种胸襟；同时，在这一两首词中所用的鉴别的眼光可以应用来鉴别一切文艺作品，显出同样的抉择，同样的好恶，所以对于一章一句的欣赏大可见出一个人的一般文学趣味。好比善饮酒者有敏感鉴别一杯酒,就有敏感鉴别一切的酒。趣味其实就是这样的敏感。离开这一点敏感,文艺就无由欣赏,好丑妍媸就变成平等无别。

不仅欣赏,在创作方面我们也需要纯正的趣味。每个作者必须是自己的严正的批评者,他在命意布局遣词造句上都须辨析锱铢,审慎抉择,不肯有一丝一毫含糊敷衍。他的风格就是他的人格,而造成他的特殊风格的就是他的特殊趣味。一个作家的趣味在他的修改锻炼的功夫上最容易见出。西方名家的稿本多存在博物馆,其中修改的痕迹最足发人深省。中国名家修改的痕迹多随稿本淹没,但在笔记杂著中也偶可见一斑。姑举一例,黄山谷的《冲雪宿新寨》一首七律的五六两句原为"俗学近知回首晚,病身全觉折腰难"。这两句本甚好,所以王荆公在都中听到,就击节赞叹,说"黄某非风尘俗吏"。但是黄山谷自己仍不满意,最后改为"小吏有时须束带,故人颇问不休官"。这两句仍是用陶渊明见督邮的典故,却比原文来得委婉有含蓄。弃彼取此,亦全凭趣味。如果在趣味上不深究,黄山谷既写成原来两句,就大可苟且偷安。

以上谈欣赏和创作,摘句说明,只是为其轻而易举,其实一切文艺上的好恶都可作如是观。你可以特别爱好某一家,某一体,某一时代,某一派别,把其余都看成左道狐禅。文艺的好恶往往和道德上的好恶同样地强烈深固,一个人可以在趣味异同上区别敌友,党其所同,伐其所异。文学史上许多派别,许多笔墨官司,都是这样起来的。

在这里我们会起疑问：文艺有好坏，爱憎起于好坏，好的就应得一致爱好，坏的就应得一致憎恶，何以文艺的趣味有那么大的分歧呢？你拥护六朝，他崇拜唐宋；你赞赏苏辛，他推尊温李，纷纭扰攘，莫衷一是。作品的优越不尽可为凭，莎士比亚、布莱克、华兹华斯一般开风气的诗人在当时都不很为人重视。读者的深厚造诣也不尽可为凭，托尔斯泰攻击莎士比亚和歌德，约翰逊看不起弥尔顿，法朗士讥诮荷马和维吉尔。这种趣味的分歧是极有趣的事实。粗略地分析，造成这事实的有下列几个因素：

第一是资禀性情。文艺趣味的偏向在大体上先天已被决定。最显著的是民族根性。拉丁民族最喜欢明晰，条顿民族最喜欢力量，希伯来民族最喜欢严肃，他们所产生的文艺就各具一种风格，恰好表现他们的国民性。就个人论，据近代心理学的研究，许多类型的差异都可以影响文艺的趣味。比如在想象方面，"造型类"人物要求一切像图画那样一目了然，"涣散类"人物喜欢一切像音乐那样迷离隐约；在性情方面，"硬心类"人物偏袒阳刚，"软心类"人物特好阴柔；在天然倾向方面，"外倾"者喜欢戏剧式的动作，"内倾"者喜欢独语体诗式的默想。这只是就几个荦荦大端来说，每个人在资禀性情方面还有他的特殊个性，这和他的文艺的趣味也密切相关。

第二是身世经历。《世说新语》中谢安有一次问子弟："《毛诗》何句最佳？"谢玄回答："昔我往矣，杨柳依依；今我来思，雨雪霏霏。"谢安表示异议，说："讦谟定命，远猷辰告，句有雅人深致。"这两人的趣味不同，却恰合两人不同的身份。谢安自己是当朝一品，所以特别能欣赏那形容老成谋国的两句;谢玄是翩翩佳公子,所以那流连风景、感物兴怀的句子很合他的口味。本来文学欣赏,贵能设身处地去体会。如果作品所写的与自己所经历的相近,我们自然更容易了解,更容易起同情。杜工部的诗在这抗战期中读起来,特别亲切有味,也就是这个道理。

第三是传统习尚。法国学者泰纳著《英国文学史》,指出"民族""时代""周围"为文学的三大决定因素,文艺的趣味也可以说大半受这三种势力形成。各民族、各时代都有它的传统,每个人的"周围"(法文milieu略似英文circle,意谓"圈子",即常接近的人物,比如说,属于一个派别就是站在那个圈子里)都有它的习尚。在西方,古典派与浪漫派、理想派与写实派;在中国,六朝文与唐宋古文,选体诗、唐诗和宋诗,五代词、北宋词和南宋词,桐城派古文和阳湖派古文,彼此中间都树有很森严的壁垒。投身到某一派旗帜之下的人,就觉得只有那一派是正统,阿其所好,以至目空其余一切。我个人与文艺界朋友的接触,深深地感觉到传统习尚所产生的一些不愉快的经验。我对新文学属望很殷,费尽千言万语也不能说服国学者宿们,让他们相信新文学也自有一番道理。我也很爱读旧诗文,向新文学作家称道旧诗文的好处,也被他们嗤为顽腐。此外新旧文学家中又各派别之下有派别,京派海派,左派右派,彼此相持不下。我冷眼看得很清楚,每派人都站在一个"圈子"里,那圈子就是他们的"天下"。

一个人在创作和欣赏时所表现的趣味,大半由上述三个因素决定。资禀性情、身世经历和传统习尚,都是很自然地套在一个人身

162

上的，轻易不能摆脱，而且它们的影响有好有坏，也不必完全摆脱。我们应该做的功夫是根据固有的资禀性情而加以磨砺陶冶，扩充身世经历而加以细心地体验，接收多方的传统习尚而求截长取短，融会贯通。这三层功夫就是普通所谓学问修养。纯恃天赋的趣味不足为凭，纯恃环境影响造成的趣味也不足为凭，纯正的可凭的趣味必定是学问修养的结果。

孔子有言"知之者不如好之者，好之者不如乐之者"，仿佛以为知、好、乐是三层事，一层深一层；其实在文艺方面，第一难关是知，能知就能好，能好就能乐。知、好、乐三种心理活动融为一体，就是欣赏，而欣赏所凭的就是趣味。许多人在文艺趣味上有欠缺，大半由于在知上有欠缺。

有些人根本不知，当然不会盛感到趣味，看到任何好的作品都如蠢牛听琴，不起作用。这是精神上的残废。犯这种毛病的人失去大部分生命的意味。

有些人知得不正确，于是趣味低劣，缺乏鉴别力，只以需要刺激或麻醉，取恶劣作品疗饥过瘾，以为这就是欣赏文学。这是精神上的中毒，可以使整个的精神受腐化。

有些人知得不周全，趣味就难免窄狭，像上文所说的，被囿于某一派别的传统习尚，不能自拔。这是精神上的短视，"坐井观天，诬天藐小"。

要诊治这三种流行的毛病，唯一的方剂是扩大眼界，加深知解。一切价值都由比较得来，生长存平原，你说一个小山坡最高，你可以受原谅，但你是错误的。"登东山而小鲁，登泰山而小天下"，那"天下"也只是孔子所能见到的天下。要把山估计得准确，你必须把世界名山都游历过、测量过。研究文学也是如此，你玩索的作品愈多，种类愈复杂，风格愈分歧，你的比较资料愈丰富，透视愈正确，你的鉴别力（这就是趣味）也就愈可靠。

　　人类心理都有几分惰性，常以先入为主，想获得一种新趣味，往往须战胜一种很顽强的抵抗力。许多旧文学家不能欣赏新文学作品，就因为这个道理。就我个人的经验来说，起初习文言文，后来改习语体文，颇费过一番冲突与挣扎。在才置信语体文时，对文言文颇有些反感，后来多经摸索，觉得文言文仍有它不可磨灭的价值。专就学文言文说，我起初学桐城派古文，跟着古文家们骂六朝文的绮靡，后来稍致力于六朝人的著作，才觉得六朝文也有为唐宋文所不可及处。在诗方面我从唐诗入手，觉宋诗索然无味，后来读宋人作品较多，才发现宋诗也特有一种风味。我学外国文学的经验也大致相同，往往从笃嗜甲派不了解乙派，到了解乙派而对甲派重新估定价值。我因而想到培养文学趣味好比开疆辟土，须逐渐把本来非我所有的征服为我所有。英国诗人华兹华斯说道："一个诗人不仅要创造作品，还要创造能欣赏那种作品的趣味。"我想不仅作者如此，读者也须时常创造他的趣味。生生不息的趣味才是活的趣味，像死水一般静止的趣味必定陈腐。活的趣味时时刻刻在发现新境界，死的趣味老是圈在一个窄狭的圈子里。这道理可以适用于个人的文学修养，也可以适用于全民族的文学演进史。

流行文学三弊

　　文学的条件本很简单，首先是有话值得说，其次是把话说得恰到好处。有话值得说，内容才充实；说得恰到好处，形式才完美。像其他艺术一样，文学必须寓亲切情趣于具体意象。情趣与意象忻合无间，自成一新境界，就是值得说的话。没有亲切情趣，自己未曾受感动，决不能感动人；有亲切情趣而没有具体意象来表现它，喜只发泄于一笑，悲只发泄于一哭，境迁情逝，便了无余韵。情趣化为意象，作者才可作沉静的回味。读者才可由境见情。情趣意象的融合是艺术的胚胎，在心中化育，也可在心中含蓄。在心中含蓄时，他对于作者自己仍不失其艺术的价值。但是，人是社会的动物，每个人都有把个体生命扩充为社会生命的希翼，有话总得要说给人听，守秘是最苦的事。心里有话必须说出，而把心里的话说得恰到好处，结果就是艺术作品。有作品，艺术才可以由作者传达到读者。这里所谓"恰到好处"颇不是一件易事。一则语言不常能跟着思想感情走，每个人都经验过有话说不出的苦楚，或是所说的和所想的究竟还相差一点歉意。语言这个工具于写作者的手里，如同刀锯在匠人的手里一样，要经过若干艰苦的训练，才能运用自如。所谓"恰到好处"，以作者为准与以读者为准亦不尽同。在作者看，词或已达意;在读者看,仍未必能完全了解。性分、修养、经验人各不同,这种了解上的差别是于理应有的。调和折中或是最稳妥的办法。"修词立其诚","言之无文,行之不远"。"立诚"和"行远"在第一流作品里是并行不悖的。

这番道理本极浅近平凡,但极浅近平凡的也往往极不容易做到。目前流行文学作品,从印行的诗文小说戏剧以至于壁报和课堂习作,都似乎没有达到这种极浅近平凡的标准。许多写作者似根本不明白文字是怎么回事,拿文学做招牌来做种种可笑的勾当,在文坛上酝酿一种极不健康的风气。没有出息的始终没有出息,在文坛上鬼混若干年以后,逃不了他们应受的遗忘与消灭。最可怜的是一般有志于文学的青年,只有那一个不健康的风气做榜样,盲目地跟着旁人走,到后来只是一蟹不如一蟹,糟蹋了许多有为的青年,也糟蹋了才露头角的新文学。这篇随感录并不敢为作家说法,只是站在读者的地位来诉一点苦。章实斋做过《古文十弊》,现在不勉强凑足成数,只就一时所认为最重要的指出三点。

一、陈腐——人常为惰性所累,欢喜朝抵抗力最低的路线走,抵抗力最低的路线是被人践踏到熟烂的路线,在个人为习惯,在社会为风俗,为传统。习惯和风俗的潜势力比什么都大,人常不知不觉地被他们拖着走。对于和他们不相容的总是加以仇视与抗拒。在每个时代,伦理、政治、学术以及全体文化的进展所感到的最大的阻碍力就是习惯风俗,就是心理学家所说的"呆板反应"(stock-responses)。在文艺方面,习惯和风俗的阻碍力尤其险毒。一种已成作风的僵硬化，一种新兴作风的流产或夭折，都是习惯和风俗所伴的惰性在作祟。中国几千年来文艺笃守传统，到现在，大学国文系还让一般似通不通的学究把持着，禁止学生谈语体文，教他们专做那些似通不通的策论诗赋。这就正是中了惰性的毒。不过，新文学家也得自己反省：他们在精神上是否真与顽腐学究有什么不同呢？现在文坛上弥漫着的是模仿抄袭的空气。白话文运动初期，多数人在传染浪漫派的无聊的感伤，后来又贩卖写实主义，象征主义，大众化，种种空洞的名词，很少有人脚踏实地埋头努力开辟一条自己的路径，创造出思想、体裁、内容都度越流俗，值得一读的作品。最重要的原因是写作者根本没有文艺的资禀与修养，只是拿文艺做商业上和政治上的敲门砖。书店老板或政党走狗今天想出一个花样，他们如法炮制；明天想出另一个花样，他们依然如法炮制。文艺变成游街队的叫卖，小喽啰的呐喊，还有什么风格生命可言！倒霉的是我们花钱买书的读者，读来读去，老是那么一套，读了第一篇便不想读第二篇，勉强看下去越觉得烦腻，把一点文学味抹杀得一干二净。从前有些慈善家（其中也不乏伪君子），要劝人行善消恶，便造出许多故事，如某甲放了若干乌龟的生，后来享了长寿，某乙犯了奸淫，后来自己的妻女显了报应。这类故事已成为一般"善书"《感应篇》《阴骘文》内容的共通性。谈现在流行文学作品——尤其是所谓"宣传"品——我们常嗅到"善书""感应篇"之类的气息。著"善书"、说"圣谕"，以及写八股文的精神和方法，在任何时代都是要不得的，而现在还在那里滋长蔓延，这是我们最为新文学危惧的。尽管传统派批评家呐喊着要永恒性与普遍性，每个艺术作品的境界必定是独到的、新鲜的。没有创造，就没有艺术，所谓"创造"，并不是根据一个口号，敷衍成一篇文字。贴上"诗""小说"或"戏剧"的标签，而是用适当的语言表现出一个具体的境界和亲切的情趣。这是资禀和修养的结晶，不是支票或头衔所能买到的。

二、虚伪的——文艺不是一种门面装饰，而是丰富精神的充溢。文艺的创造多迫于不得已，有话总得要说。如果心里本来无话可说，最好就不说话。没有话可说而勉强要说，所说的话就变成内心生活贫乏的掩饰，文艺上的虚伪多由此起。虚伪的病根在中国文学史上本来种得很深。从前文人以文字为应酬工具，做寿序、墓志铭乃至于专门著述，照例都有一套门面语，都要摆一个空心架子，内容尽管很空洞，表面却须显得富丽堂皇。这是古文的通病，也是八股文和试帖诗的秘诀。它在新文学中不但没有铲除，而且因为受到不健康的外来影响还变本加厉。近代西方文学颇着重细腻的描写，一间房子，一个人，或一条狗，往往要费几千言来烘托渲染，节目上堆节目，形容词上堆形容词。有些人以为如此才显得精细富丽，其实这种写法本来不尽可为法。要把事物表现得活跃，着墨太多往往反成障碍。把辞藻当装饰来掩盖内容的空洞，在任何文字中都是大病。而且中西方语句构造习惯不同，西文所能承得起的繁词丽藻中文常承不起。现在许多作家——尤其对外国文仅有一知半解而对本国文则毫无素养者——不明白这个道理，以为做文章秘诀在搬弄漂亮词句，往往写上满篇陈腐而僵硬的形容词句，不能叫读者见出一个活跃的境界来。

这是穷人摆富贵架子，戳穿了一文不值。这种虚伪是偏在形式方面，以浮华掩空洞。此外另有一种虚伪起于内容方面。近十年来，法国象征派诗和现代英美诗也一鳞一爪地传到了中国来，它们的特征是竭力撇开寻常蹊径，用深微的意象、音节，表现新鲜的情调，做得好就幽深微妙，做得不好就僻窄艰晦。这种作品在西方也只是少数知识分子的玩意儿，聊备一格固未尝不可，决不能认为是文学的正宗大道。近来，我们的新兴作家中，也有人正在模仿这种作风，成就较好的，固然可以启示学者一种新观点去感觉事物，对于粗疏陈腐是一剂良药。但是，也有好些人在冒招牌，本来没有象征诗和现代英美诗的那种情调（文化背景和社会经验不同，我们本来很不容易做起那种情调），而偏要做起来像有的样子，披上一层不易看穿的道袍，叫你猜想其中有如何神秘，等你费许多力量看穿了，原来还是一个空心大老倌，叫你懊悔得不偿失。这种勾当有些像走江湖的医生、相士的"法术"，从前人所谓"以艰深文浅陋"，也是目前很流行的一个毛病。

三、油滑——文艺和游戏在起源上本很接近，它们都是富裕的生命流露于自由活动，都是要在现实世界之上另造一个意象的世界来应情感的需要。文学家看世界，多少有如看戏，站在超然的地位，把人生世相中形形色色当作惊心动魄的图画去欣赏，对于丑陋、乖讹、灾祸时而觉得可笑，时而觉得可悲。这种悲笑是获得启示后的感动，是对于人生世相较深刻的认识和较隽永的回味，不致逼人走到佯狂或颓废的路上去。所以文艺是最高度的幽默与最高度的严肃超过冲突而达到调和。一个人如果一味严肃而没有幽默意识，对于文学就终身是门外汉;但是,因为同样理由,如果一味幽默而见不到幽默的严肃境界,也绝不会产生伟大的文学作品。一味严肃的人对于文学倒没有多大危险,因为他们钻进清教徒或道学家的圈子里去,就不会闯进文学的区域来。一味幽默的人倒往往把文学当成一种玩世的工具,使文学流为油滑。西方有一句谚语说:"这世界对于好用思想的人是一部喜剧,对于好动情感的人是一部悲剧。"大概第一流的文学作品必能调和思想与感情的冲突而同时见出世界的喜剧的与悲剧的两方面。有时思想感情乖离,幽默与严肃脱节,文学就容易偏向喜剧的调侃,以及在讥刺方面发达。这种变动发生大半在"理智时代"。古希腊的哲学鼎盛时代和近代欧洲18世纪都是最显著的例子。大多数文人在这种时代对于人生社会的态度是讽刺的,心里不满意于现状,谴责过于悲悯,理智的抗拒多于情感的激动,无可奈何,出之以讥刺,聊博一笑。讽刺文学的发达表示心地的僻窄,情感的压抑或萎靡,以及整个精神生活的不健康。所以,讽刺文学最发达的时代,也往往是文学水准最低落的时代。我们的这个时代是否偏于理智的,我们不敢武断,但是,情感的压抑与萎靡却是不可讳言的事实。我们大多数人对于人生、社会的态度——如果不只是叫嚣鬼混而确实有一个态度的话——是偏向于讽刺的。从鲁迅一直到老舍都是如此。讽刺者大半与滑稽玩世者有别,他们还是太认真,出发点还是一副救世心肠。但是,讽刺的骨子是天生的,讽刺的面孔是可以假扮的。没有讽刺的骨子而学得讽刺的面孔,结果就会成了专会谑浪调笑的小丑。年来所谓"幽默文学"颇有这种倾向。提倡"幽默小品"的人也许有他们的见地，不过，学他们的人往往一味憨皮臭脸，油腔滑调。坏风气传染得特别快，现在，不但学生壁报和报纸副刊在学《论语》的调子，就是许多认真的作家往往在无意之中也露出点油腔滑调。这也是文坛上一个很严重的病象。

以上所说的三种弊病当然不是流行文学所特有，它们在中国文学史上老早就种了祸根，不过，现在特别显著。白话文运动起来以后，许多人过于兴奋，以为这是中国文学的空前的革命。从外表说，这种看法或者不无片面真理；但是，我们放冷静一点去衡量，就会觉得以往传统精神最坏的方面是在"流毒"。真正的文学革命不只是换一个语言躯壳就可以了事。用文言可以说谎和摆空架子，用白话还是可以说谎和摆空架子。这番话并非对白话文表示恶意，文学必须用活语言，这道理只有愚顽者才会否认。不过，语言究竟只是一种表现工具，表现工具改善了不一定就能保障运用它的人成为文学家，就如刀锯改善了不一定就能保障运用它的人成为好匠人是一个道理。而且语言跟着思想走，思想未脱混沌无杂的状态，语言也绝不会精妙。真正的文学革命必定从充实内心生活做起。目前大患，不在表现内心生活的工具不够，而在内心生活本身的贫乏。关于发展内心生活这一点，我们希望作家自己有觉悟，肯努力，同时也希望政府和社会少给一点诱惑与钳制。

无言之美

孔子有一天突然很高兴地对他的学生说:"予欲无言。"子贡就接着问他:"子如不言,则小子何述焉?"孔子说:"天何言哉? 四时行焉,百物生焉。天何言哉?"

这段赞美无言的话,本来从教育方面着想。但是要明了无言的意蕴,宜从美术观点去研究。

言所以达意,然而意决不是完全可以言达的。因为言是固定的、有迹象的,意是瞬息万变、缥缈无踪的。言是散碎的,意是混整的;言是有限的,意是无限的。以言达意,好像用断续的虚线画实物,只能得其近似。

所谓文学,就是以言达意的一种美术。在文学作品中,语言之先的意象和情绪意旨所附丽的语言,都要尽美尽善,才能引起美感。

尽美尽善的条件很多。但是第一要不违背美术的基本原理,要"和自然逼真"(true to nature):这句话讲得通俗一点,就是说美术作品不能说谎。不说谎包含有两种意义:一、我们所说的话,就恰似我们所想说的话。二、我们所想说的话,我们都吐肚子说出来了,毫无余韵。

意既不可以完全达之以言,"和自然逼真"一个条件在文学上不是做不到吗？或者我们问得再直截一点，假使语言文字能够完全传达情意，假使笔之于书的和存之于心的铢两悉称，丝毫不爽，这是不是文学上所应希求的一件事？

这个问题是了解文学及其他美术所必须回答的。现在我们姑且答道：文字语言固然不能全部传达情绪意旨，假使能够，也并非文学所应希求的。一切美术作品也都是这样，尽量表现，非唯不能，而也不必。

先从事实下手研究。譬如有一个荒村或任何物体，摄影家把它照一幅相，美术家把它画一幅画。这种相片和图画可以从两个观点去比较：第一，相片或图画，哪一个较"和自然逼真"？不消说得，在同一视阈以内的东西，相片都可以包罗尽致，并且体积比例和实物都两两相称，不会有丝毫错误。图画就不然。美术家对一种境遇，未表现之先，先加一番选择。选择定的材料还须经过一番理想化，把美术家的人格参加进去，然后表现出来。所表现的只是实物一部分，就连这一部分也不必和实物完全一致。所以图画决不能如相片一样"和自然逼真"。第二，我们再问，相片和图画所引起的美感哪一个浓厚，所发生的印象哪一个深刻？这也不消说，稍有美术口味的人都觉得图画比相片美得多。

文学作品也是同样。譬如《论语》："子在川上曰：'逝者如斯夫，不舍昼夜！'"几句话决没完全描写出孔子说这番话时候的心境，而"如斯夫"三字更笼统，没有把当时的流水形容尽致。如果说详细一点，孔子也许这样说："河水滚滚地流去，日夜都是这样，没有一刻停止。世界上一切事物不都像这流水时常变化不尽吗？过去的事物不就永远过去决不回头吗？我看见这流水心中好不惨伤呀！……"但是纵使这样说去，还没有尽意。而比较起来，"逝者如斯夫，不舍昼夜"九个字比这段长而臭的演义就值得玩味多了！

在上等文学作品中，尤其在诗词中这种言不尽意的例子处处都可以看见。譬如陶渊明的《时运》，"有风自南，翼彼新苗"；《读〈山海经〉》，"微雨从东来，好风与之俱"，本来没有表现出诗人的情绪，然而玩味起来，自觉有一种闲情逸致，令人心旷神怡。钱起的《省试湘灵鼓瑟》末二句，"曲终人不见，江上数峰青"，也没有说出诗人的心绪，然而一种凄凉惜别的神情自然流露于言语之外。此外像陈子昂的《幽州台怀古》："前不见古人，后不见来者，念天地之悠悠，独怆然而涕下！"李白的《怨情》："美人卷珠帘，深坐颦蛾眉。但见泪痕湿，不知心恨谁。"虽然说明了诗人的情感，而所说出来的多么简单，所含蓄的多么深远！再就写景说，无论何种境遇，要描写得惟妙惟肖，都要费许多笔墨。但是大手笔只选择两三件事轻描淡写一下，完全境遇便呈露眼前，栩栩如生。譬如陶渊明的《归园田居》："方宅十余亩，草屋八九间。榆柳荫后檐，桃李罗堂前。暧暧远人村，依依墟里烟。狗吠深巷中，鸡鸣桑树颠。"四十字把乡村风景描写多么真切！再如杜甫的《后出塞》："落日照大旗，马鸣风萧萧。平沙列万幕，部伍各见招。中天悬明月，令严夜寂寥。悲笳数声动，壮士惨不骄。"寥寥几句话，把月夜沙场状况写得多么有声有色，然而仔细观察起来，乡村景物还有多少为陶渊明所未提及，战地情况还有多少为杜甫所未提及？从此可知文学上我们并不以尽量表现为难能可贵。

在音乐里面，我们也有这种感想，凡是唱歌奏乐，音调由洪壮急促而变到低微以至于无声的时候，我们精神上就有一种沉默肃穆和平愉快的景象。白香山在《琵琶行》里形容琵琶声音暂时停顿的情况说："冰泉冷涩弦凝绝，凝绝不通声暂歇。别有幽愁暗恨生，此时无声胜有声。"这就是形容音乐上无言之美的滋味。著名英国诗人济慈（Keats）在《希腊花瓶歌》也说，"听得见的声调固然幽美，听不见的声调尤其幽美"（Heard melodies are sweet；but those unheard are sweeter），也是说同样道理。大概喜欢音乐的人都尝过此中滋味。

就戏剧说，无言之美更容易看出。许多作品往往在热闹场中动作快到极重要的一点时，忽然万籁俱寂，现出一种沉默神秘的景象。梅特林克（Maeterlinck）的作品就是好例。譬如《青鸟》的布景，择夜阑人静的时候，使重要角色睡得很长久，就是利用无言之美的道理。梅氏并且说："口开则灵魂之门闭，口闭则灵魂之门开。"赞无言之美的话不能比此更透辟了。莎士比亚的名著《哈姆雷特》一剧开幕便描写更夫守夜的状况，德林瓦特（Drinkwater）在其《林肯》中描写林肯在南北战争军事旁午的时候跪着默祷，王尔德（O.Wilde）的《温德梅尔夫人的扇子》里面描写温德梅尔夫人私奔在她的情人寓所等候的状况，都在兴酣局紧，心悬悬渴望结局时，放出沉默神秘的色彩，都足以证明无言之美。近代又有一种哑剧和静的布景，或只有动作而无言语，或连动作也没有，就将靠无言之美引人入胜了。

雕刻塑像本来是无言的，也可以拿来说明无言之美。所谓无言，不一定指不说话，是注重在含蓄不露。雕刻以静体传神，有些是流露的，有些是含蓄的。这种分别在眼睛上尤其容易看见。中国有一句谚语说，"金刚怒目，不如菩萨低眉"。所谓怒目，便是流露；所谓低眉，便是含蓄。凡看低头闭目的神像，所生的印象往往特别深刻。最有趣的就是西洋爱神的雕刻，他们男女都是瞎了眼睛。这固然根据希腊的神话，然而实在含有美术的道理，因为爱情通常都在眉目间流露，而流露爱情的眉目是最难比拟的。所以索性雕成盲目，可以耐人寻思。当初雕刻家原不必有意为此，但这些也许是人类不用意识而自然碰的巧。

要说明雕刻上流露和含蓄的分别，希腊著名雕刻《拉奥孔》（*Laocoon*）是最好的例子。相传拉奥孔犯了大罪，天神用了一种极惨酷的刑法来惩罚他，遣了一条恶蛇把他和他的两个儿子在一块绞死了。在这种极刑之下，未死之前当然有一种悲伤惨戚、目不忍睹的一顷刻，而希腊雕刻家并不擒住这一顷刻来表现，他只把将达苦痛极点前一顷刻的神情雕刻出来，所以他所表现的悲哀是含蓄不露的。倘若是流露的，一定带了挣扎呼号的样子。这个雕刻，一眼看去，只觉得他们父子三人都有一种难言之恫；仔细看去，便可发现条条筋肉根根毛孔都暗示一种极苦痛的神情。德国莱辛（Lessing）的名著《拉奥孔》就根据这个雕刻，讨论美术上含蓄的道理。

以上是从各种艺术中信手拈来的几个实例。把这些个别的实例归纳在一起，我们可以得一个公例，就是：拿美术来表现思想和情感，与其尽量流露，不如稍有含蓄；与其吐肚子把一切都说出来，不如留一大部分让欣赏者自己去领会。因为在欣赏者的头脑里所生的印象和美感，有含蓄比较尽量流露的还要更加深刻。换句话说，说出来的越少，留着不说的越多，所引起的美感就越大越深越真切。

这个公例不过是许多事实的总结束。现在我们要进一步求出解释这个公例的理由。我们要问何以说得越少，引起的美感反而越深刻？何以无言之美有如许势力？

想答复这个问题，先要明白美术的使命。人类何以有美术的要求？这个问题本非一言可尽。现在我们姑且说，美术是帮助我们超现实而求安慰于理想境界的。人类的意志可向两方面发展：一是现实界，一是理想界。不过现实界有时受我们的意志支配，有时不受我们的意志支配。譬如我们想造一所房屋，这是一种意志。要达到这个意志，必费许多力气去征服现实，要开荒辟地，要造砖瓦，要架梁柱，要赚钱去请泥水匠。这些事都是人力可以办到的，都是可以用意志支配的。但是我们的意志想造一座空中楼阁，现实界凡物皆向地心下坠一条定律，就不可以用意志征服。所以意志在现实界活动，处处遇障碍，处处受限制，不能圆满地达到目的，实际上我们的意志十之八九都要受现实限制，不能自由发展。譬如谁不想有美满的家庭？谁不想住在极乐国？然而在现实界决没有所谓极乐美满的东西存在。因此我们的意志就不能不和现实发生冲突。

一般人遇到意志和现实发生冲突的时候，大半让现实征服了意志,走到悲观烦闷的路上去,以为件件事都不如人意,人生还有什么意味?所以堕落、自杀、逃空门种种的消极的解决法就乘虚而入了,不过这种消极的人生观不是解决意志和现实冲突最好的方法。因为我们人类生来不是懦弱者,而这种消极的人生观甘心让现实把意志征服了,是一种极懦弱的表示。

然则此外还有较好的解决法吗?有的,就是我所谓超现实。我们处世有两种态度,人力所能做到的时候,我们竭力征服现实。人力莫可奈何的时候,我们就要暂时超脱现实,储蓄精力待将来再向他方面征服现实。超脱到哪里去呢?超脱到理想界去。现实界处处有障碍有限制,理想界是天空任鸟飞,极空阔极自由的。现实界不可以造空中楼阁,理想界是可以造空中楼阁的。现实界没有尽美尽善,理想界是有尽美尽善的。

姑取实例来说明。我们走到小城市里去,看见街道窄狭污浊,处处都是阴沟厕所,当然感觉不快,而意志立时就要表示态度。如果意志要征服这种现实,我们就要把这种街道房屋一律拆毁,另造宽大的马路和清洁的房屋。但是谈何容易?物质上发生种种障碍,这一层就不一定可以做到。意志在此时如何对付呢?他说:我要超脱现实,去在理想界造成理想的街道房屋来,把它表现在图画上,表现在雕刻上,表现在诗文上。于是结果有所谓美术作品。美术家成了一件作品,自己觉得有创造的大力,当然快乐已极。旁人看见这种作品,觉得它真美丽,于是也愉快起来了,这就是所谓美感。

因此美术家的生活就是超脱现实的生活，美术作品就是帮助我们超脱现实到理想界去求安慰的。换句话说，我们有美术的要求，就因为现实界待遇我们太刻薄，不肯让我们的意志推行无碍，于是我们的意志就跑到理想界去求慰情的路径。美术作品之所以美，就美在它能够给我们很好的理想境界。所以我们可以说，美术作品的价值高低就看它超脱现实的程度大小，就看它所创造的理想世界是阔大还是窄狭。

但是美术又不是完全可以和现实界绝缘的。它所用的工具——例如雕刻用的石头，图画用的颜色，诗文用的语言都是在现实界取来的。它所用的材料——例如人物情状悲欢离合——也是现实界的产物。所以美术可以说是以毒攻毒，利用现实的帮助以超脱现实的苦恼。上面我们说过，美术作品的价值高低要看它超脱现实的程度如何。这句话应稍加改正，我们应该说，美术作品的价值高低，就看它能否借极少量的现实界的帮助，创造极大量的理想世界出来。

在实际上说，美术作品借现实界的帮助愈少，所创造的理想世界也因而愈大。再拿相片和图画来说明。何以相片所引起的美感不如图画呢？因为相片上一形一影，件件都是真实的，而且应有尽有，发泄无遗。我们看相片，种种形影好像钉子把我们的想象力都钉死了。看到相片，好像看到二五，就只能想到一十，不能想到其他数目。换句话说，相片把事物看得忒真，没有给我们以想象余地。所以相片，只能抄写现实界，不能创造理想界。图画就不然。图画家用美术眼光,加一番选择的功夫,在一个完全境遇中选择了一小部事物,把它们又经过一番理想化,然后才表现出来。唯其留着一大部分不表现,欣赏者的想象力才有用武之地。想象作用的结果就是一个理想世界。所以图画所表现的现实世界虽极小而创造的理想世界则极大。孔子谈教育说,"举一隅不以三隅反,则不复也"。相片是把四隅通举出来了,不要你劳力去"复"。图画就只举一隅,叫欣赏者加一番想象,然后"以三隅反"。

流行语中有一句说:"言有尽而意无穷。"无穷之意达之以尽之言,所以有许多意,尽在不言中。文学之所以美,不仅在有尽之言,而尤在无穷之意。推广地说,美术作品之所以美,不是只美在已表现的一部分,尤其是美在未表现而含蓄无穷的一大部分,这就是本文所谓无言之美。

因此美术要"和自然逼真"一个信条应该这样解释:"和自然逼真"是要窥出自然的精髓所在,而表现出来;不是说要把自然当作一篇印版文字,很机械地抄写下来。

这里有一个问题会发生。假使我们欣赏美术作品,要注重在未表现而含蓄着的一部分,要超"言"而求"言外意",各个人有各个人的见解,所得的言外意不是难免殊异吗? 当然,美术作品之所以美,就美在有弹性,能拉得长,能缩得短。有弹性所以不呆板。同一美术作品,你去玩味有你的趣味,我去玩味有我的趣味。譬如莎氏乐府所以在艺术上占极高位置,就因为各种阶级的人在不同的环境中都欢喜读他。有弹性,所以不陈腐。同一美术作品,今天玩味有今天的趣味，明天玩味有明天的趣味。凡是经不得时代淘汰的作品都不是上乘。上乘文学作品，百读都令人不厌的。

就文学说，诗词比散文的弹性大；换句话说，诗词比散文所含的无言之美更丰富。散文是尽量流露的，愈发挥尽致，愈见其妙。诗词是要含蓄暗示，若即若离，才能引人入胜。现在一般研究文学的人都偏重散文——尤其是小说。对于诗词很疏忽。这件事实可以证明一般人文学欣赏力很薄弱。现在如果要提高文学，必先提高文学欣赏力；要提高文学欣赏力，必先在诗词方面特下功夫，把鉴赏无言之美的能力养得很敏捷。因此我很希望文学创作者在诗词方面多努力，而学校国文课程中诗歌应该占一个重要的位置。

本文论无言之美，只就美术一方面着眼。其实这个道理在伦理、哲学、教育、宗教及实际生活各方面，都不难发现。老子《道德经》开卷便说："道可道，非常道；名可名，非常名。"这就是说伦理哲学中有无言之美。儒家谈教育，大半主张潜移默化，所以拿时雨春风做比喻。佛教及其他宗教之能深入人心，也是借沉默神秘的势力。幼稚园创造者蒙台梭利利用无言之美的办法尤其有趣。在她的幼稚园里，教师每天趁儿童玩得很热闹的时候，猛然地在粉板上写一个"静"字，或奏一声琴。全体儿童于是都跑到自己的座位去，闭着眼睛蒙着头伏案假睡的姿势，但是他们不可睡着。几分钟后，教师又用很轻微的声音，从颇远的地方呼唤各个儿童的名字。听见名字的就要立刻醒起来。这就是使儿童可以在沉默中领略无言之美。

就实际生活方面说，世间最深切的莫如男女爱情。爱情摆在肚子里面比摆在口头上来得恳切。"齐心同所愿，含意俱未申"和"更无言语空相觑"，比较"细语温存""怜我怜卿"的滋味还要更加甜蜜。英国诗人布莱克（Blake）有一首诗叫作《爱情之秘》（*Loves's Secret*）里面说：

一

切莫告诉你的爱情，
爱情是永远不可以告诉的。
因为她像微风一样，
不做声不做气地吹着。

二

我曾经把我的爱情告诉而又告诉，
我把一切都披肝沥胆地告诉爱人了，
打着寒战，耸头发地告诉，
然而她终于离我去了！

三

她离我去了，
不多时一个过客来了。
不做声不做气地，只微叹一声。

便把她带去了。

　　这首短诗描写爱情上无言之美的势力,可谓透辟已极了。本
来爱情完全是一种心灵的感应,其深刻处是老子所谓不可道不可名
的。所以许多诗人以为"爱情"两个字本身就太滥太寻常太乏味,
不能拿来写照男女间神圣深挚的情绪。

　　其实何止爱情?世间有许多奥妙,人心有许多灵悟,都非言语
可以传达,一经言语道破,反如甘蔗渣滓,索然无味。这个道理还
可以推到宇宙人生诸问题方面去。我们所居的世界是最完美的,就
因为它是最不完美的。这话表面看去,不通已极。但是实在含有至
理。假如世界是完美的,人类所过的生活——比好一点,是神仙的
生活;比坏一点,就是猪的生活——便呆板单调已极,因为倘若件件
都尽美尽善了,自然没有希望发生,更没有努力奋斗的必要。人生
最可乐的就是活动所生的感觉,就是奋斗成功而得的快慰。世界既
完美,我们如何能尝创造成功的快慰? 这个世界之所以美满,就在
有缺陷,就在有希望的机会,有想象的田地。换句话说,世界有缺
陷,可能性(potentiality)才大。这种可能而未能的状况就是无言之
美。世间有许多奥妙,要留着不说出;世间有许多理想,也应该留着
不实现。因为实现以后,跟着"我知道了"的快慰便是"原来不过如
是"的失望。

　　天上的云霞有多么美丽! 风涛虫鸟的声息有多么和谐! 用颜
色来摹绘,用金石丝竹来比拟,任何美术家也是作践天籁,糟蹋自

然！无言之美何限？让我这种拙手来写照，已是糟粕枯骸！这种罪过我要完全承认的。倘若有人骂我胡言乱道，我也只好引陶渊明的诗回答他说："此中有真意，欲辨已忘言！"

1924年仲冬　于上虞白马湖

音乐与教育

柏拉图写过一个长篇对话,叫作《理想国》,讨论理想的政治和教育。他知道要一个国家的政治合于理想,先要使它的教育合于理想,所以他费了大半篇幅谈理想国的统治阶级应该受什么样一种训练,他所定的课程异常简单。一个人在二十岁以前只消有两种教育工具:一是体操,一是音乐。至于我们现在的学校里许多功课,像史地、理化、数学、社会科学、哲学、外国文之类,他或是完全不讲,或是摆在二十岁以后的课程里。他的教育主张,在现代人看来,像很奇怪。可是如果你丢开成见,细心去想一想,你也许会佩服希腊人的思想,和他们的艺术一样,简单虽然简单,深刻却是深刻。体操讲究好了,身体可以健全;音乐讲究好了,心灵可以和谐。身心两方面都达到理想的状态,还愁有什么学不好或是做不好? 身心是基本,我们近代人士基本不注意,只在一些肤浅的知识上做功夫,反自以为聪明。许多祸害似都由此起,我们急需回头猛醒。

音乐是一种最原始最普遍的艺术。飞禽走兽大半都欢喜歌唱,在歌唱中,它们表现生命的富裕和欢乐,同时,它们借歌舞把在生活中所领略的乐趣传给同类,引起交感共鸣。歌唱在一般动物社会中是一种团结的原动力,它们没有文化传统和制度组织,但是它们一呼百应，一唱百和，全靠这一点声音上的感通。人类在原始阶段也还保持着这本能的音乐嗜好。没有一个原始民族不欢喜歌舞，小孩在个人生命史上相当于原始民族在种族生命史上，欢喜歌舞仍然是天性。人类到了开化以后，小孩到了成年以后，往往逐渐丧失音乐的嗜好，高兴时不放着嗓子唱一曲歌，颓唐时也不拿一种乐器来弹奏一番，哀乐全闷在心里，而且一个人关起来纳闷，生气因之萧索，同情也因之冷淡。这是一个极严重的损失，而且是违反自然本性的。对于这种现象的造成，教育家们要负一大部分责任，他们丢开了人类一个最强烈的本能，一个最有力的教育工具，不去利用。假如他们知道利用，音乐的力量要超出任何学问训练之上。

何以故呢？音乐不仅是最原始最普遍的艺术，而且是最完美的艺术，可以普及深入一般民众，从根本上陶冶人的性格。在其他艺术，实质与形式多少可以分别出来，了解实质与了解形式可以分为两事；音乐却完全融化实质与形式的分别，实质即形式，形式亦即实质，内外一致，天衣无缝。所以音乐达到了艺术的最高理想。如果美育是教育中一项要目，美育的最好工具就应该是音乐。音乐虽是顶完美的，却不能算是最困难的艺术。叔本华说得最清楚，一般艺术都需借意象来表现，例如文学所用的语文意义，图画所用的形色光影；音乐则为意志的直接外射，用不着凭借意象。所以了解其他艺术，我们需假道于理智，比如说，不懂得语文意义，就无从了解文学；音乐则表现最直接，感动也最直接，我们接受声音的刺激，生理上马上就起反响，用不着理智的分析。中国人不一定能了解外国的文学，但是多少可以受外国音乐的感动，因为没有语文的障碍。小孩子和乡下文盲尽管不能读书明理，也多少可以欣赏成年人和音乐家的唱歌奏乐，因为没有知识经验的障碍。音乐是纯从感官打动人心的，耳里听到，心里就起哀乐共鸣。这件事实可以解释音乐的普及性，也可以解释它的深入性。如果要教育的力量普及而又深入，舍音乐还有什么其他途径呢？

音乐对于人生至少有三重大功用。

第一是表现。情感思想都需要发扬宣泄。我们都知道在欢喜时大笑一场，在悲哀时痛哭一场，是一件畅快事。严守一个秘密，心里才感觉不舒服，尤其是感情不能压抑，压抑便引起冲突和苦痛。依近代心理学看，许多精神病都是情感不得宣泄的结果。表现在生气的洋溢。一个人或一个民族到了不需要艺术的表现时，那只有两种可能：一是生气萎竭；一是生气受不了自然的歪曲，向不正常不健康的路途发泄。所以给生气以正常的康健的表现，也就是培养生气。音乐的表现是最正常的康健的表现，因为它是人类的普遍的嗜好。而同时它的命脉在和谐。亚里士多德在《政治学》里谈到古希腊人用一种音乐医精神病。有一种癫狂病，医治的主法是叫病人听一种音乐，听了几回他的情感上的脓疱化消了，病就自然好了。亚里士多德把音乐的这种功能叫作katharsis，这字含有"发散"和"净化"两个意义。音乐对于人的情感不仅能"发散"而且能"净化"，就因为它本身是和谐，对于人的心灵自然能产生和谐的影响。我们有听音乐经验的人都知道在凝神静听之后，全体筋肉脉搏都经过一番和谐的震荡,心灵仿佛在困倦之后洗过一回澡,汗垢尽去,血液畅通,有心旷神怡之乐。如果我们不仅是欣赏,自己能歌唱弹奏,除了这种生气洋溢的乐趣以外,我们还可以得到人生最大的快慰,成就一种作品的感觉。我们创造了一个可欣赏的世界,替人类开辟了一种愉悦的泉源,意识到这种力量,就如同创世主在第七天的神情。人能多尝这种创造的快感,人生便显得华严,而人的品格也就自然会高贵。

第二是感动。音乐直接打动感官,引起生理的反应,所以感人最普及而深入。这道理在上文已说过。中西神话和历史上都有不少的关于音乐感动力的传说。城市有借音乐造成的,也有借音乐毁倒的;胜仗有用音乐打来的,重围有用音乐解去的;美人有借音乐取得的;深交有因音乐结成的;名著有从音乐引起思致的;至道有借音乐证成的。瓠巴鼓琴,游鱼出听;据近代生理学家的实验,对牛弹琴,也并非毫无影响。人类情感有许多花样,每种花样在脉搏呼吸和筋肉运动上都有一个特殊的节奏,特殊的模型。音乐的抑扬顿挫,长短急舒,往往与这种节奏和模型相称。某一种乐调在生理上激起某一种节奏和模型,就引起某一种情调。所以在听音乐时,实在有两种乐调在进行。一是外在的,耳朵听的;一是内在的,听者身体在无意中所表演的。人类生理构造大致相同,所以一个乐调可以在无数听者的心弦上引起交感共鸣。音乐是极强烈的同情媒介,也就因为这个缘故。我们如果想尝广大同情的味道,最好在稠人广众中听音乐。乐声作时,全体听众屏息肃然静听,无论尊卑老幼,乐就都乐，哀就都哀，霎时间不独人我之见泯除净尽，即传统习俗所积累成的层层枷锁也一齐丢开，我们在霎时间回到自由的原始人，沉没到浑然一体的大我。音乐使我们畅快，四围许多人都同时在分享我的感觉，意识到这一点，我们更加畅快。这里没有分别界线，没有恩仇迎拒，我们同是一个阳光煦育的兄弟姊妹，我们皆大欢喜。要群众团结一气，最有效的媒介只有音乐。

第三是感化。感动是暂时的，感化是久远的。音乐由感动至感化，因为它的和谐浸润到整个身心，成为固定的模型（pattern），习惯成为自然，身心的活动也就处处不违背和谐的原则。内心和谐，则一切不和谐的卑鄙龌龊的念头自无从发生，表现于行为的也自从容中节。中国先儒以礼乐立教，就为明白了这个道理。乐的精神在和谐，礼的精神在秩序，这两者中间，乐更是根本的，因为内和谐外自然有秩序，没有和谐做基础的秩序就成了呆板形式，没有灵魂的躯壳。内心和谐而生活有秩序，一个人修养到这个境界，就不会有疵可指了。谈到究竟，德育需从美育上做起。道德必由真性情的流露，美育怡情养性，使性情的和谐流露为行为的端正，是从根本上做起。唯有这种修养的结果，善与美才能一致。明白这个道理，我们就会明白孔子谈政教何以那样重诗乐。诗与乐原来是一回事，一切艺术精神原来也都与诗乐相通。孔子提倡诗乐，犹如近代人提倡美育。他说："诗可以兴，可以观，可以群，可以怨。"又说："温柔敦厚，诗教也。"都是看到了诗乐对于情感教育的重要。他不但把诗乐认为教育的基础，而且把它们认为政治的基础，实在政教是不能分离的,世间安有无教之政呢?近代人舍教而言政,只见得他们愚昧。"颜渊问为邦。子曰……乐则《韶》《舞》,放郑声,远佞人。"远佞人还在放郑声之次,我们现在只知道厌恶佞人,其实还有比这更重要的事务——音乐教育。音乐教育上了轨道,佞人也许就不会存在,而政治也不会不修明了。

　　一个民族的性格常表现于音乐,最显著的是中西音乐的分别。西方音乐偏于阳刚,使听者发扬蹈厉;中国音乐偏于阴柔,使听者沉潜肃穆。这各有所长,我们用不着偏袒。我们所最忧虑的是我国一般民众,尤其是士大夫阶级,大半没有真正的音乐的嗜好。这似乎表现了民族精神的衰落。我个人认为人心的污浊与社会的腐败都种根于此。我每想起柏拉图的教育主张,就深深感觉到我国目前教育需有一个彻底的改革。我们必须普及音乐教育,尤其是要把国乐本身大加一番整理洗刷。这不是宣传可以了事。但是制礼作乐是盛业也是美名,容易被宣传者当作一种口号呐喊了事。这是我草此文时心里所栗栗危惧的。大家需拿出一副极严肃的态度来应付这问题,前途才有希望。

希腊女神的雕像和血色鲜丽的英国姑娘

我在以上文章所说的话都是回答"美感是什么"这个问题。我们说过，美感起于形象的直觉。它有两个要素：

一、目前意象和实际人生之中有一种适当的距离。我们只观赏这种孤立绝缘的意象，一不问它和其他事物的关系如何，二不问它对于人的效用如何。思考和欲念都暂时失其作用。

二、在观赏这种意象时，我们处于聚精会神以至于物我两忘的境界，所以于无意之中以我的情趣移注于物，以物的姿态移注于我。这是一种极自由的（因为是不受实用目的牵绊的）活动。说它是欣赏也可，说它是创造也可，美就是这种活动的产品，不是天生现成的。

这是我们的立脚点。在这个立脚点上站稳，我们可以打倒许多关于美感的误解。在以下两三章里我要说明美感不是许多人所想象的那么一回事。

我们第一步先打倒享乐主义的美学。

"美"字是不要本钱的，喝一杯滋味好的酒，你称赞它"美"，看见一朵颜色很鲜明的花，你称赞它"美"，碰见一位年轻姑娘，你称赞她"美",读一首诗或是看一座雕像,你也还是称赞它"美"。这些经验显然不尽是一致的。究竟怎样才算"美"呢?一般人虽然不知道什么叫作"美",但是都知道什么样就是愉快。拿一幅画给一个小孩子或是未受艺术教育的人看,征求他的意见,他总是说"很好看"。如果追问他:"它何以好看?"他不外是回答说:"我欢喜看它,看了它就觉得很愉快。"通常人所谓"美"大半就是指"好看",指"愉快"。

不仅普通人如此,许多声名煊赫的文艺批评家也把美感和快感混为一件事。英国19世纪有一位学者叫作罗斯金,他著过几十册书谈建筑和图画,就曾经很坦白地告诉人说:"我从来没有看见过一座希腊女神雕像,有一位血色鲜丽的英国姑娘的一半美。"从愉快的标准看,血色鲜丽的姑娘引诱力自然是比女神雕像的大;但是你觉得一位姑娘"美"和你觉得一座女神雕像"美"时是否相同呢?《红楼梦》里的刘姥姥想来不一定有什么风韵,虽然不能邀罗斯金的青眼,在艺术上却仍不失其为美。一个很漂亮的姑娘同时做许多画家的"模特儿",可是她的画像在一百张之中不一定有一张比得上伦勃朗(荷兰人物画家)的"老太婆"。英国姑娘的"美"和希腊女神雕像的"美"显然是两件事,一个是只能引起快感的,一个是只能引起美感的。罗斯金的错误在把英国姑娘的引诱性做"美"的标准,去测量艺术作品。艺术是另一世界里的东西,对于实际人生没有引诱性,所以他以为比不上血色鲜丽的英国姑娘。

美感和快感究竟有什么分别呢?有些人见到快感不尽是美感,

替它们勉强定一个分别来，却又往往不符事实。英国有一派主张"享乐主义"的美学家就是如此。他们所见到的分别彼此又不一致。有人说耳、目是"高等感官"，其余鼻、舌、皮肤、筋肉等等都是"低等感官"，只有"高等感官"可以尝到美感而"低等感官"则只能尝到快感。有人说引起美感的东西可以同时引起许多人的美感，引起快感的东西则对于这个人引起快感，对于那个人或引起不快感。美感有普遍性，快感没有普遍性。这些学说在历史上都发生过影响，如果分析起来，都是一钱不值的。拿什么标准说耳、目是"高等感官"？耳、目得来的有些是美感，有些也只是快感，我们如何去分别？"客去茶香余舌本""冰肌玉骨，自清凉无汗"等名句是否与"低等感官"不能得美感之说相容？至于普遍不普遍的话更不足为凭。口腹有同嗜而艺术趣味却往往随人而异。陈年花雕是吃酒的人大半都称赞它美的，一般人却不能欣赏后期印象派的图画。我曾经听过一位很时髦的英国老太婆说道："我从来没有见过比金字塔再拙劣的东西。"

从我们的立脚点看，美感和快感是很容易分别的。美感与实用活动无关，而快感则起于实际要求的满足。口渴时要喝水，喝了水就觉到快感；腹饥时要吃饭，吃了饭也就得到快感。喝美酒所得的快感由于味感得到所需要的刺激，和饱食暖衣的快感同为实用的，并不是起于"无所为而为"的形象的观赏。至于看血色鲜丽的姑娘，可以生美感也可以不生美感。如果你觉得她是可爱的，给你做妻子你还不讨厌她，你所谓"美"就只是指合于满足性欲需要的条件，"美人"就只是指对于异性有引诱力的女子。如果你见了她不起性欲的冲动，只把她当作线纹匀称的形象看，那就和欣赏雕像或画像一样了。美感的态度不带意志，所以不带占有欲。在实际上性欲本能是一个最强烈的本能，看见血色鲜丽的姑娘而能"心如古井"地不动，只一味欣赏曲线美，是一般人所难能的。所以就美感说，罗斯金所称赞的血色鲜丽的英国姑娘对于实际人生距离太近，不一定比希腊女神雕像的价值高。

　　谈到这里，我们可以顺便地说一说弗洛伊德派心理学在文艺上的应用。大家都知道，弗洛伊德把文艺都认为是性欲的表现。性欲是最原始最强烈的本能，在文明社会里，它受道德、法律种种社会的牵制，不能得充分的满足，于是被压抑到"隐意识"里去成为"情意综"。但是这种被压抑的欲望还是要偷空子化装求满足的。文艺和梦一样，都是带着假面具逃开意识检查的欲望。举一个例来说。男子通常都特别爱母亲，女子通常都特别爱父亲。依弗洛伊德看，这就是性爱。这种性爱是反乎道德法律的，所以被压抑下去，在男子则成"俄狄浦斯情意综"，在女子则成"厄勒克特拉情意综"。这两个奇怪的名词是怎样讲呢？俄狄浦斯原来是古希腊的一个王子，曾于无意中弑父娶母，所以他可以象征子对于母的性爱；厄勒克特拉是古希腊的一个公主，她的母亲爱了一个男子把丈夫杀了，她怂恿她的兄弟把母亲杀了，替父亲报仇，所以她可以象征女对于父的性爱。在许多民族的神话里面，伟大的人物都有母而无父，耶稣和孔子就是著例，耶稣是上帝授胎的，孔子之母祷于尼丘而生孔子。在弗洛伊德派学者看，这都是"俄狄浦斯情意综"的表现。许多文艺作品都可以用这种眼光来看，都是被压抑的性欲因化装而得满足。

依这番话看，弗洛伊德的文艺观还是要拿到享乐主义里去，他自己就常欢喜用"快感原则"这个名词。在我们看，他的毛病也在把快感和美感混淆，把艺术的需要和实际人生的需要混淆。美感经验的特点在"无所为而为"地观赏形象。在创造或欣赏的一刹那中，我们不能仍然在所表现的情感里过活，一定要站在客位把这种情感当一幅意象去观赏。如果作者写性爱小说，读者看性爱小说，都是为着满足自己的性欲，那就无异于为着饥而吃饭，为着冷而穿衣，只是实用的活动而不是美感的活动了。文艺的内容尽管有关性欲，可是我们在创造或欣赏时却不能同时受性欲冲动的驱遣，须站在客位把它当作形象看。世间自然也有许多人欢喜看淫秽的小说去刺激性欲或是满足性欲，但是他们所得的并不是美感。弗洛伊德派的学者的错处不在主张文艺常是满足性欲的工具，而在把这种满足认为美感。

美感经验是直觉的而不是反省的。在聚精会神之中我们既忘去自我，自然不能觉得我是否欢喜所观赏的形象，或是反省这形象所引起的是不是快感。我们对于一件艺术作品欣赏的浓度愈大，就愈不觉得自己是在欣赏它，愈不觉得所生的感觉是愉快的。如果自己觉到快感，我便是由直觉变而为反省，好比提灯寻影，灯到影灭，美感的态度便已失去了。美感所伴的快感，在当时都不觉得，到过后才回忆起来。比如读一首诗或是看一幕戏，当时我们只是心领神会，无暇他及，后来回想，才觉得这一番经验很愉快。

这个道理一经说破，本来很容易了解。但是许多人因为不明白这个很浅显的道理，遂走上迷路。近来德国和美国有许多研究"实验美学"的人就是如此。他们拿一些颜色、线形或是音调来请受验者比较，问他们欢喜哪一种，讨厌哪一种，然后作出统计来，说某种颜色是最美的，某种线形是最丑的。独立的颜色和画中的颜色本来不可相提并论。在艺术上部分之和并不等于全体，而且最易引起快感的东西也不一定就美。他们的错误是很显然的。

辑 五

美，让我们想起，
自己可以是什么样的人

生命

　　说起来已是二十年前的事了。如今我还记得清楚，因为那是我生平中一个最深刻的印象。有一年夏天，我到苏格兰西北海滨一个叫作爱约夏的地方去游历，想趁便去拜访农民诗人彭斯的草庐。那一带地方风景仿佛像日本内海而更曲折多变化。海湾伸入群山间成为无数绿水映着青山的湖。湖和山都老是那样恬静幽闲而且带着荒凉景象，几里路中不容易碰见一个村落，处处都是山、谷、树林和草坪。走到一个湖滨，我突然看见人山人海——男的女的、老的少的、穿深蓝大红衣服的、褴褛蹒跚的、蠕蠕蠢动、闹得喧天震地：原来那是一个有名的浴场。那是星期天，人们在城市里做了六天的牛马，来此过一天快活日子。他们在炫耀他们的服装，他们的嗜好，他们的皮肉，他们的欢爱，他们的文雅与村俗。像湖水的波涛汹涌一样，他们都投在生命的狂澜里，尽情享一日的欢乐。就在这么一个场合中，一位看来像是皮鞋匠的牧师在附近草坪中竖起一个讲台向寻乐的人们布道。他也吸引了一大群人。他喧嚷，群众喧嚷，湖水也喧嚷，他的话无从听清楚，只有"天国""上帝""忏悔""罪孽"几个较熟的字眼偶尔可以分辨出来。那样众常是流动的，时而由湖水里爬上来看牧师，时而由牧师那里走下湖水。游泳的游泳，听道的听道，总之，都在凑热闹。

对着这场热闹，我伫立凝神一反省，心里突然起了一阵空虚寂寞的感觉，我思量到生命的问题。摆在我们面前的显然就是生命。我首先感到的是这生命太不调和。那么幽静的湖山当中有那么一大群嘈杂的人在嬉笑取乐，犹如佛堂中的蚂蚁抢搬虫尸，已嫌不称；又加上两位牧师对着那些喝酒、抽烟、穿着游泳衣裸着胳膊大腿卖眼色的男男女女讲"天国"和"忏悔"，这岂不是对于生命的一个强烈的讽刺？约翰受洗者在沙漠中高呼救世主来临的消息，他的声音算是投在虚空中了。那位苏格兰牧师有什么可比约翰的？他以布道为职业，于道未必有所知见，不过剽窃一些空洞的教门中语扔到头脑空洞的人们的耳里，岂不是空虚而又空虚？推而广之，这世间一切，何尝不都是如此？比如那些游泳的人们在尽情欢乐，虽是热烈却也很盲目，大家不过是机械地受生命的动物的要求在鼓动驱遣，太阳下去了，各自回家，沙滩又恢复它的本来的清寂，犹如歌残筵散。当时我感觉空虚寂寞者在此。

但是像那一大群人一样，我也欣喜赶了一场热闹，那一天算是没有虚度，于今回想，仍觉那回事很有趣。生命像在那沙滩所表现的，有图画家所谓阴阳向背，你跳进去扮演一个角色也好，站在旁边闲望也好，应该都可以叫你兴高采烈。在那一顷刻，生命在那些人们中动荡，他们领受了生命而心满意足了，谁有权去鄙视他们，甚至于怜悯他们，厌世嫉俗者一半都是妄自尊大，我惭愧我有时未能免俗。

孔子看流水，发过一个最深永的感叹，他说："逝者如斯夫，不舍昼夜！"生命本来就是流动，单就"逝"的一方面来看，不免令人想到毁灭与空虚；但是这并不是有去无来，而是去的若不去，来的就不能来，生生不息，才能念念常新。莎士比亚说生命"像一个白痴说的故事，满是声响和愤激，毫无意义"，虽是慨乎言之，却不是一句见道之语。生命是一个说故事的人，虽老是抱着那么陈腐的"母题"转，而每一顷刻中的故事却是新鲜的，自有意义的。这一顷刻中有了新鲜有意义的故事，这一顷刻中我们心满意足了，这一顷刻的生命便不能算是空虚。生命原是一顷刻接着一顷刻地实现，好在它"不舍昼夜"。算起总账来，层层实数相加，决不会等于零。人们不抓住每一顷刻在实现中的人生，而去追究过去的原因与未来的究竟，那就犹如在相加各项数目的总和之外求这笔加法的得数。追究最初因与最后果，都要走到"无穷追溯"（reductio ad infintum）。这道理哲学家们本应知道，而爱追究最初因与最后果的偏偏是些哲学家们。这不只是不谦虚，而且是不通达。一件事物实现了，它的形象在那里，它的原因和目的也就在那里。种中有果，果中也有种，离开一棵植物无所谓种与果，离开种与果也无所谓一棵植物（像我的朋友废名先生在他的《阿赖耶识论》里所说明的）。比如说一幅画，有什么原因和目的！它现出一个新鲜完美的形象，这岂不就是它的生命、它的原因、它的目的？

且再拿这幅画来比譬生命。我们过去生活正如画一幅画，当前我们所要经心的不是这幅画画成之后会有怎样一个命运，归于永恒或是归于毁灭，而是如何把它画成一幅画，有画所应有的形象与生命。不求诸抓得住的现在而求诸渺茫不可知的未来，这正如佛经所说的身怀珠玉而向他人行乞。但是事实上许多人都在未来的永恒或毁灭上打计算。波斯大帝带着百万大军西征希腊，过海勒斯朋海峡时，他站在将台看他的大军由船桥上源源不绝地渡过海峡，他忽然流涕向他的叔父说："我想到人生的短促，看这样多的大军，百年之后，没有一个人还能活着，心里突然起了阵哀悯。"他的叔父回答说："但是人生中还有更可哀的事咧，我们在世的时间虽短促，世间没有一个人，无论在这大军之内或在这大军之外，能够那样幸运，在一生中不有好几次不愿生而宁愿死。"这两人的话都各有至理，至少是能反映大多数人对于生命的观感。嫌人生短促，于是设种种方法求永恒。秦皇汉武信方士，求神仙，以及后世道家炼丹养气，都是妄想所谓"长生"。"服食求神仙，多为药所误，不如饮美酒，被服纨与素"，这本是诗人愤疾之言，但是反话大可做正话看；也许做正话看，还有更深的意蕴。说来也奇怪，许多英雄豪杰在生命的流连上都未能免俗。我因此想到曹孟德的遗嘱：

> 吾死之后，葬于邺之西冈上，妾与伎人皆着铜雀台，台上施六尺床，下穗帐。朝晡上酒脯粻糒之属，每月朔十五，辄向帐前作伎，汝等时登台望吾西陵墓田。

他计算得真周到，可怜虫！谢朓说得好：

穗帷飘井干，樽酒若平生。

郁郁西陵树，讵闻歌吹声！

  孔子毕竟是达人，他听说桓司马自为石郭，三年而不成，便说"死不如速朽之为愈也"。谈到朽与不朽问题，这话也很难说。我们固无庸计较朽与不朽，朽之中却有不朽者在。曹孟德朽了，铜雀台伎也朽了，但是他的那篇遗嘱，何逊谢朓李贺诸人的铜雀台诗，甚至于铜雀台一片瓦，于今还叫讽咏摩挲的人们欣喜赞叹。"前水复后水，古今相续流"，历史原是纳过去于现在，过去的并不完全过去。其实若就种中有果来说，未来的也并不完全未来，这现在一顷刻实在伟大到不可思议，刹那中自有终古，微尘中自有大千，而汝心中亦自有天国，这是不朽的第一义谛。

  相反两极端常相交相合。人渴望长生不朽，也渴望无生速朽，我们回到波斯大帝的叔父的话："世间没有一个人在一生中不有好几次不愿生宁愿死。"痛苦到极点想死，一切自杀者可以为证；快乐到极点也还是想死，我自己就有一两次这样经验，一次是在二十余年前一个中秋前后，我乘船到上海，夜里经过焦山，那时候大月亮正照着山上的庙和树，江里的细浪像金线在轻轻地翻滚，我一个人在甲板上走，船上原是载满了人，我不觉得有一个人，我心里那时候也有那万里无云，水月澄莹的景象，于是非常喜悦，于是突然起了脱离这个世界的愿望。另外一次也是在秋天，时间是傍晚，我在北海里的白塔顶上望北平城里底楼台烟树，望到西郊的远山，望到将要下去的红烈烈的太阳，想起李白的"西风残照，汉家陵阙"那两个名句。觉得目前的境界真是苍凉而雄伟，当时我也感觉到我不应该再留在这个世界里。我自信我的精神正常，但是这两次想死的意念真来得突兀。诗人济慈在《夜莺歌》里于欣赏一个极幽美的夜景之后，也表示过同样的愿望，他说：

Now more than ever seems it rich to die
（现在死像比任何时都较丰富）

他要趁生命最丰富的时候死，过了那良辰美景，死在一个平凡枯燥的场合里，那就死得不值得。甚至于死本身，像鸟歌和花香一样，也可成为生命中一种奢侈的享受。我两次想念到死，下意识中是否也有这种奢侈欲，我不敢断定。但是如今冷静地分析想死的心理，我敢说它和想长生的道理还是一样，都是对于生命的执着。想长生是爱着生命不肯放手，想死是怕放手轻易地让生命溜走，要死得痛快才算活得痛快，死还是为着活，为着活的时候心里一点快慰。好比贪吃的人想趁吃大鱼大肉的时候死，怕的是将来吃不到那样好的，根本还是由于他贪吃，否则将来吃不到那样好的，对于他毫不感威胁。

生命的执着属于佛家所谓"我执"，人生一切灾祸罪孽都由此起。佛家针对着人类的这个普遍的病根，倡无生，破我执，可算对症下药。但是佛家也并不曾主张灭生灭我,不曾叫人类做集体的自杀,而只叫人明白一般人所希求的和所知见的都是空幻。还不仅此,佛家在积极方面还要慈悲救世,对于生命是取护持的态度。舍身饲虎的故事显示我们为着救济他生命,需不惜牺牲己生命。我心里对此尚存一个疑惑:既证明生命空幻而还要这样护持生命是为什么呢?目前我对于佛家的了解还不够使我找出一个圆满的解答。不过我对于这生命问题倒有一个看法,这看法大体源于庄子(我不敢说它是否合于佛家的意思)。庄子尝提到生死问题,在《大宗师》篇说得尤其透辟。在这篇里他着重一个"化"字,我觉得这"化"字非常之妙。中国人称造物为"造化",万物为"万化"。生命原就是化,就是流动与变易。整个宇宙在化,物在化,我也在化。只是化,并非毁灭。草木虫鱼在化,它们并不因此而有所忧喜,而全体宇宙也不因此而有所损益。何以我独于我的化看成世间一件大了不起的事呢?我特别看待我的化。这便是"我执",庄子对此有一段妙喻:

今大冶铸金,金踊跃曰"我且必为莫邪",大冶必以为不祥之金。

今一犯人之形,而曰"人耳,人耳",夫造化者必以为不祥之人。今一以天地为大炉,以造化为大冶,恶乎往而不可哉?成然寐,蘧然觉。

在这个比喻里，庄子破了"我执"，也解决了生死问题。人在造化手里，听他铸，听他"化"而已，强立物我分别，是为不祥。庄子所谓寐觉，是比喻生死。睡一觉醒过来，本不算一回事，生死何尝不如此？寐与觉为化，生与死也还是化。庄周梦为蝴蝶，则"栩栩然蝴蝶也"；"俄然觉，则蘧蘧然周也"；生而为人，死而化为鼠肝虫背，都只有听之而已，在生时这个我在大化流行中有他的妙用，死后我的化形也还是如此，庄子说：

> 浸假而化予之左臂以为鸡，予因以求时夜；浸假而化予之右臂以为弹，予因以求鸮炙……

物质毕竟是不灭的，漫说精神。试想宇宙中有几许因素来化成我，我死后在宇宙中又化成几许事物，经过几许变化，发生几许影响，这是何等伟大而悠久，丰富而曲折的一个游历、一个冒险？这真是所谓"逍遥游"！

这种人生态度就是儒家所谓"赞天地之化育"，郭象所谓"随变任化"，翻成近代语就是"顺从自然"。我不愿辩护这种态度是否为颓废的或消极的，懂得的人自会懂得，无庸以口舌争。近代人说要"征服自然"，道理也很正大。但是怎样征服？还不是要顺从自然的本性？严格地说，世间没有一件不自然的事，也没一件事能不自然。因为这个道理，全体宇宙才是一个整一融贯的有机体，大化运行才是一部和谐的交响曲，而cosmos不是chaos。人的最聪明的办法是与自然合拍,如草木在和风丽日中开着花叶,在严霜中枯谢,如流水行云自在运行无碍,如"鱼相与忘于江湖"。人的厄运在当着自然的大交响曲"唱翻腔",来破坏它的和谐。执我执法,贪生想死,都是"唱翻腔"。

孔子说过:"朝闻道,夕死可矣。"人难能的是这"闻道",我们谁不自信聪明,自以为比旁人高一着?但是谁的眼睛能跳开他那"小我"的圈子而四方八面地看一看?谁的脑筋不堆着习俗所拗下来的一些垃圾?每个人都有一个密不通风的"障"包围着他。我们的"根本惑"像佛家所说的,是"无明"。我们在这世界里大半是"盲人骑瞎马",横冲直撞,怎能不闯祸事!所以说来说去,人生最要紧的事是"明",是"觉",是佛家所说的"大圆镜智"。法国人说"了解一切,就是宽恕一切";我们可以补上一句"了解一切,就是解决一切"。生命对于我们还有问题,就因为我们对它还没有了解。既没有了解生命,我们凭什么对付生命呢?于是我想到这世间纷纷扰攘的人们。

1947年

看戏与演戏

　　莎士比亚说过,世界只是一个戏台。这话如果不错,人生当然也只是一部戏剧。戏要有人演,也要有人看:没有人演,就没有戏看;没有人看,也就没有人肯演。演戏人在台上走台步,做姿势,拉嗓子,喜笑怒骂,悲欢离合,演得酣畅淋漓,尽态极妍;看戏人在台下呆目瞪视,得意忘形,拍案叫好,两方皆大欢喜,欢喜的是人生煞是热闹,至少是这片刻光阴不曾空过。

　　世间人有生来是演戏的,也有生来是看戏的。这演与看的分别主要地在如何安顿自我上面见出。演戏要置身局中,时时把"我"抬出来,使我成为推动机器的枢纽,在这世界中产生变化,就在这产生变化上实现自我;看戏要置身局外,时时把"我"搁在旁边,始终维持一个观照者的地位,吸纳这世界中的一切变化,使它们在眼中成为可欣赏的图画,就在这变化图画的欣赏上面实现自我。因为有这个分别,演戏要热要动,看戏要冷要静。打起算盘来,双方各有盈亏:演戏人为着饱尝生命的跳动而失去流连玩味,看戏人为着玩味生命的形象而失去"身历其境"的热闹。能入与能出,"得其圜中"与"超以象外",是势难兼顾的。

　　这分别像是极平凡而琐屑,其实却含着人生理想这个大问题的大道理在里面。古今中外许多大哲学家、大宗教家和大艺术家对于人生理想费过许多摸索、许多争辩，他们所得到的不过是三个不同的简单的结论：一个是人生理想在看戏，一个是它在演戏，一个是它同时在看戏和演戏。

先从哲学说起。中国主要的固有的哲学思潮是儒道两家。就大体说，儒家能看戏而却偏重演戏，道家根本藐视演戏，会看戏而却也不明白地把看戏当作人生理想。看戏与演戏的分别就是《中庸》一再提起的知与行的分别，知是道问学，是格物穷理，是注视事物变化的真相；行是尊德行，是修身齐家治国平天下，是在事物中起变化而改善人生。前者是看，后者是演。儒家在表面上同时讲究这两套功夫，他们的祖师孔子是一个实行家，也是一个艺术家。放下他着重礼乐诗的艺术教育不说，就只看下面几段话：

> 子在川上曰，逝者如斯夫，不舍昼夜！
>
> 鸢飞戾天，鱼跃于渊，言其上下察也。
>
> 天何言哉，天何言哉！四时行焉，百物生焉！
>
> 今夫天，斯昭昭之多，及其无穷也，日月星辰系焉，万物覆焉；今夫地，一撮土之多，及其广厚，载华岳而不重，振河海而不泄，万物载焉。

对于自然奥妙的赞叹，我们就可以看出儒家很能做阿波罗式的观照，不过儒家究竟不以此为人生的最终目的，人生的最终目的在行，只不过是行的准备。他们说得很明白，"物格而后知至，知至而后意诚，意诚而后心正，心正而后身修"，以至于家齐国治天下平。

"自明诚，谓之教"，由知而行，就是儒家所着重的"教"。孔子终身周游奔走，"三月无君，则皇皇如也"，我们可以想见他急于要扮演一个角色。

道家老庄并称。老子抱朴守一，法自然，尚无为，持清虚寂寞，观"众妙之门"，玩"无物之象"，五千言大半是一个老于世故者静观人生物理所得到的直觉妙谛。他对于宇宙始终持着一个看戏人的态度。庄子尤其是如此。他齐是非。一生死，逍遥于万物之表，大鹏与鲦鱼，姑射仙人与庖丁，物无大小，都触目成像，触心成理，他自己却"凄然似秋，暖然似春"，哀乐毫无动于衷。他得力于他所说的"心齐"。"心齐"的方法是"若一志，无听之以耳，而听之以心"，它的效验是"虚室生白，吉祥止止"。他在别处用了一个极好的譬喻说："至人之用心若镜，不将不逆，应而不藏。"从这些话看，我们可以看出老子所谓"抱朴守一"，庄子所谓"心齐"，都恰是西方哲学家与宗教家所谓"观照"（contemplation）与佛家所谓"定"或"止观"。不过老庄自己虽在这上面做功夫，却并不像以此立教，或是因为立教仍是有为，或是因为深奥的道理可亲证而不可言传。

在西方，古代及中世纪的哲学家大半以为人生最高目的在观照，就是我们所说的以看戏人的态度体验事物的真相与真理。头一个人明白地做这个主张的是柏拉图。在《会饮》那篇熔哲学与艺术于一炉的对话里，他假托一位女哲人传心灵修养递进的秘诀。那全是一种分期历程的审美教育，一种知解上的冒险长征。心灵开始玩索一朵花，一个美人，一种美德，一门学问，一种社会文物制度的殊相的美。逐渐发现万事万物的共相的美。到了最后阶段，"表里精粗无不到"，就"一旦豁然贯通"，长征者以一霎时的直觉突然看到普涵普盖，无始无终的绝对美——如佛家所谓"真如"或"一真法界"——他就安息在这绝对美的观照里，就没入这绝对美里而与它合德同流，就借分享它的永恒的生命而达到不朽。这样，心灵就算达到它的长征的归宿，一滴水归原到大海，一个灵魂归原到上帝，柏拉图的这个思想支配了古代哲学，也支配了中世纪耶稣教的神学。

柏拉图的高足弟子亚里士多德在《伦理学》里想矫正师说，却终于达到同样的结论。人生的最高目的是至善，而至善就是幸福。幸福是"生活得好，做得好"。它不只是一种道德的状态，而是一种活动；如果只是一种状态，它可以不产生什么好结果，比如说一个人在睡眠中；唯其是活动，所以它必见于行为。"犹如在奥林匹克运动会中，夺锦标的不是最美最强悍的人，而是实在参加竞争的选手。"从这番话看，亚里士多德似主张人生目的在实际行动。但是在绕了一个大弯子以后，到最后终于说，幸福是"理解的活动"，就是"取观照的形式的那种活动"，因为人之所以为人在他的理解方面，理解是人类最高的活动，也是最持久、最愉快、最无待外求的活动。上帝在假设上是最幸福的，上帝的幸福只能表现于知解，不能表现于行动。所以在观照的幸福中，人类几与神明比肩。说来说去，亚里士多德仍然回到柏拉图的看法：人生的最高目的在看而不在演。

在近代德国哲学中，这看与演的两种人生观也占了很显著的地位。整个的宇宙，自大地山河以至于草木鸟兽，在唯心派哲学家看，只是吾人知识的创造品。知识了解了一切，同时就已创造了一切，人的行动当然也包含在内。这就无异于说，世间一切演出的戏都是在看戏人的一看之中成就的，看的重要可不言而喻。叔本华在这一"看"之中找到悲惨人生的解脱。据他说，人生一切苦恼的源泉就在意志，行动的原动力。意志起于需要或缺乏，一个缺乏填起来了，另一个缺乏就又随之而来，所以意志永无餍足的时候。欲望的满足只"像是扔给乞丐的赈济，让他今天赖以过活，使他的苦可以延长到明天"。这意志虽是苦因，却与生俱来，不易消除，唯一的解脱在把它放射为意象，化成看的对象。意志既化成意象，人就可以由受苦的地位移到艺术观照的地位，于是罪孽苦恼变成庄严幽美。"生命和它的形象于是成为飘忽的幻象掠过他的眼前，犹如轻梦掠过朝睡中半醒的眼，真实世界已由它里面照耀出来，它就不再能蒙昧他。"换句话说，人生苦恼起于演，人生解脱在看。尼采把叔本华的这个意思发挥成一个更较具体的形式。他认为人类生来有两种不同的精神，一是日神阿波罗的，一是酒神狄俄倪索斯的。日神高踞奥林波斯峰顶，一切事物借他的光辉而得形象，他凭高静观，世界投影于他的眼帘如同投影于一面镜，他如实吸纳，却恬然不起忧喜。酒神则趁生命最繁盛的时节，酣饮高歌狂舞，在不断的生命跳动中忘去生命的本来注定的苦恼。从此可知日神是观照的象征，酒神是行动的象征。依尼采看，希腊人的最大成就在悲剧，而悲剧就是使酒神的苦痛挣扎投影于日神的慧眼，使灾祸罪孽成为惊心动魄的图画。从希腊悲剧，尼采悟出"从形象得解脱"（redemption through appearance）的道理。世界如果当作行动的场合，就全是罪孽苦恼；如果当作观照的对象，就成为一件庄严的艺术品。

如果我们比较叔本华、尼采的看法和柏拉图、亚里士多德的看法，就可看出古希腊人与近代德国人的结论相同，就是人生最高目的在观照；不过着重点微有移动，希腊人的是哲学家的观照，而近代德国人的是艺术家的观照。哲学家的观照以真为对象，艺术家的观照以美为对象。不过这也是粗略的区分。观照到了极境，真也就是美，美也就是真，如诗人济慈所说的，所以柏拉图的心灵精进在最后阶段所见到的"绝对美"就是他所谓"理式"（idea）或真实界（reality）。

宗教本重修行，理应把人生究竟摆在演而不摆在看，但是事实上世界几个大宗教没有一个不把观照看成修行的不二法门。最显著的当然是佛教。在佛教看，人生根本孽是贪、嗔、痴。痴又叫作"无明"。这"三孽"之中，无明是最根本的，因为无明，才执着法与我，把幻象看成真实，把根尘当作我有，于是有贪有嗔，陷于生死永劫。所以人生究竟解脱在破除无明以及它连带的法我执。破除无明的方法是六波罗蜜（意谓"度""到彼岸"，就是"度到涅槃的岸"），其中初四——布施、持戒、忍辱、精进——在表面上似侧重行，其实不过是最后两个阶段——禅定、智慧——的预备，到了禅定的境界，"止观双运"，于是就起智慧，看清万事万物的真相，断除一切擘障执着，到涅槃（圆寂），证真如，功德就圆满了。佛家把这种智慧叫作"大圆镜智"，《佛地经论》做这样解释：

> 如圆镜极善摩莹，鉴净无垢，光明遍照；如是如来大圆镜智于佛智上一切烦恼所知障垢永出离故，极善摩莹；为依止定所摄持故，鉴净无垢；作诸众生利乐事故，光明遍照。

> 如圆镜上非一众多诸影像起，而圆镜上无诸影像，而此圆镜无动无作；如是如来圆镜智上非一众多诸智影起，圆镜智上无诸智影，而此智镜无动无作。

这譬喻很可以和尼采所说的阿波罗精神对照，也很可以见出大乘佛家的人生理想与柏拉图的学说不谋而合。人要把心磨成一片大圆镜，光明普照，而自身却无动无作。

佛教在中国，成就最大的一宗是天台，最流行的一宗是净土。天台宗的要义在止观，净土宗的要义在念佛往生，都是在观照上做修持的功夫。所谓"止观"就是静坐摄心入定，默观佛法与佛像，净土则偏重念佛名，观佛像，以为如此即可往生西方极乐世界（所谓"净土"）。依《文殊般若经》说：

> 若善男子善女子，应在空间处，舍诸乱意，随佛方所，端身正向，不取相貌，系心一佛，专称名字，念无休息，即是念中，能见过现未来三世诸佛。

这种凝神观照往往产生中世纪耶教徒所谓"灵见"（visions），对象或为佛像，或为庄严宝塔，或为极乐世界。佛家往往用文字把他们的"灵见"表现成想象丰富的艺术作品，像《无量寿经》《阿弥陀经》之类作品大抵都是这样产生出来的。往生净土是他们的最后目的，其实这净土仍是心中幻影，所谓往生仍是在观照中成就，不一定在地理上有一种搬迁。

这一切在耶稣教中都可以找到它的类似。耶稣自己，像释迦一样，是经过一个长期静坐默想而后证道的。"天国就在你自己心里"，这句话也有唤醒人反求诸心的倾向。不过早期的神父要和极艰窘的环境奋斗，精力大半耗于奔走布道和避免残杀。到了3世纪后，耶稣教的神学逐渐与希腊哲学合流，形成所谓"新柏拉图派"的神秘主义，于是观照成为修行的要诀。依这派的学说，人的灵魂原与上帝一体，没有肉体感官的障碍，所以能观照永恒真理。投生以后，它就依附了肉体，就有欲也就有障。人在灵方面仍近于神，在肉方面则近于兽，肉是一切罪孽的根源，灵才是人的真性。所以修行在以灵制欲，在离开感官的生活而凝神于思想与观照，由是脱尽尘障，在一种极乐的魂游（ecstasy）中回到上帝的怀里，重新和他成为一体。中世纪神学家把"知"看成心灵的特殊功能，唯一的人神沟通的桥梁。"知"有三个等级：感觉（cognition）、思考（meditation）和观照（contemplation）。观照是最高的阶段，它不但不要假道于感觉，也无须用概念的思考，它是感觉和思考所不能跻攀的知的胜境，一种直觉，一种神佑的大彻大悟。只有借这观照，人才能得到所谓

"神福的灵见"（beatific vision），见到上帝，回到上帝，永远安息在上帝里面。达到这种"神福的灵见"，一个耶稣徒就算达到人生的最高理想。

这种哲学或神学的基础，加上中世纪的社会扰乱，酿成寺院的虔修制度。现世既然恶浊，要避免它的熏染，僧侣于是隐到与人世隔绝的寺院里，苦行持戒，默想现世的罪孽，来世的希望和上帝的博大仁慈。他们的经验恰和佛教徒的一样，由于高度的自催眠作用，默想果然产生了许多"灵见"；地狱的厉鬼、净界的烈焰、天堂的神仙的福境，都活灵活现地现在他们的凝神默索的眼前。这些"灵见"写成书，绘成画，刻成雕像，就成中世纪的灿烂辉煌的文学与艺术。在意大利，成就尤其煊赫。但丁的《神曲》就是无数"灵见"之一，它可以看成耶稣教的《阿弥陀经》。

我们只举佛耶两教做代表就够了。道教本着长生久视的主旨，后来又沿袭了许多佛教的虔修秘诀；回教本由耶教演变成的，特别流连于极乐世界的感官的享乐。总之，在较显著的宗教中，或是因为特重心灵的知的活动，或是寄希望于比现世远较完美的另一世界，人生的最高理想都不摆在现世的行动而摆在另一世界的观照。宗教的基本精神在看而不在演。

最后，谈到文艺，它是人生世相的返照，离开观照，就不能有它的生存。文艺说来很简单，它是情趣与意象的融会，作者寓情于景，读者因景生情。比如说，"昔我往矣，杨柳依依，今我来思，雨雪霏霏"一章诗写出一串意象、一幅景致、一幕戏剧动态。有形可见者只此，但是作者本心要说的却不止此，他主要是要表现一种时序变迁的感慨。这感慨在这章诗里虽未明白说出而却胜于明白说出；它没有现身而却无可否认地是在那里。这事细想起来，真是一个奇迹。情感是内在的、属我的、主观的、热烈的，变动不居，可体验而不可直接描绘的；意象是外在的、属物的、客观的、冷静的，成形即常住，可直接描绘而却不必使任何人都可借以有所体验的。如果借用尼采的譬喻来说，情感是狄俄倪索斯的活动，意象是阿波罗的观照；所以不仅在悲剧里（如尼采所说的），在一切文艺作品里，我们都可以见出达奥尼苏斯的活动投影于阿波罗的观照，见出两极端冲突的调和，相反者的同一。但是在这种调和与同一中，占有优势与决定性的倒不是狄俄倪索斯而是阿波罗，是狄俄倪索斯沉没到阿波罗里面，而不是阿波罗沉没到狄俄倪索斯里面。所以我们尽管有丰富的人生经验，有深刻的情感，若是止于此，我们还是站在艺术的门外，要升堂入室，这些经验与情感必须经过阿波罗的光辉照耀，必须成为观照的对象。由于这个道理，观照（这其实就是想象，也就是直觉）是文艺的灵魂；也由于这个道理，诗人和艺术家们也往往以观照为人生的归宿。我们试想一想：

目送飞鸿，手挥五弦，
俯仰自得，游心太玄。

——嵇康

仰视碧天际，俯瞰渌水滨，

寥闃无涯观，寓目理自陈。

大矣造化工，万殊莫不均。

群籁虽参差，适我无非新。

——王羲之

采菊东篱下，悠然见南山，

山气日夕佳，飞鸟相与还。

此中有真意，欲辨已忘言。

——陶潜

侧身天地更怀古，独立苍茫自咏诗。

——杜甫

从诸诗所表现的胸襟气度与理想，就可以明白诗人与艺术家如何在静观默玩中得到人生的最高乐趣。

就西方文艺来说，有三部名著可以代表西方人生观的演变：在古代是柏拉图的《会饮篇》，在中世纪是但丁的《神曲》，在近代是歌德的《浮士德》。《会饮篇》如上文已经说过的，是心灵的审美教育方案。这教育的历程是由感觉经理智到慧解，由殊相到共相，由现象到本体，由时空限制到超时空限制；它的终结是在沉静的观照中得到豁然大悟，以及个体心灵与弥漫宇宙的整一的纯粹的大心灵合德同流。由古希腊到中世纪，这个人生理想没有经过重大的变迁，只是加上耶教神学的渲染。《神曲》在表面上只是一部游记，但丁叙述自己游历地狱、净界与天堂的所见所闻；但是骨子里它是一部寓言，叙述心灵由罪孽经忏悔到解脱的经过，但丁自己就象征心灵，"三界"只是心灵的三种状态，地狱是罪孽状态，净界是忏悔洗刷状态，天堂是得解脱蒙神福状态。心灵逐步前进，就是逐步超升，到了最高天，它看见玫瑰宝座中坐的诸圣诸仙，看见圣母，最后看见了上帝自己。在这"神福的灵见"里，但丁（或者说心灵）得到最后的归宿，他"超脱"了，归到上帝怀里了，《神曲》于是终止。这种理想大体上仍是柏拉图的，所不同者柏拉图的上帝是"理式"，绝对真实界本体，无形无体的超时超空的普运周流的大灵魂；而但丁则与中世纪神学家们一样，多少把上帝当作一个人去想：他糅合神性与人性于一体，有如耶稣。

　　从但丁糅合柏拉图哲学与耶教神学，把人生的归宿定为"神福的灵见"以后，过了五百年到近代，人生究竟问题又成为思辨的中心，而大诗人歌德代表近代人给了一个彻底不同的答案。就人生理想来说，《浮士德》代表西方思潮的一个极大的转变。但丁所要解脱的是象征情欲的三猛兽和象征愚昧的黑树林。到浮士德，情境就变了，他所要解脱的不是愚昧而是使他觉得腻味的丰富的知识。理智的观照引起他的心灵的烦躁不安。"物极思返"，浮士德于是由一位闭户埋头的书生变成一位与厉鬼定卖魂约的冒险者，由沉静的观照跳到热烈而近于荒唐的行动。在《神曲》里，象征信仰与天恩的贝雅特里齐，在《浮士德》里于是变成天真而却蒙昧无知的玛嘉丽特。在《神曲》里是"神福的灵见"，在《浮士德》里于是变成"狂飙突进"。阿波罗退隐了，狄俄倪索斯于是横行无忌。经过许多放纵不羁的冒险行动以后,浮士德的顽强的意志也终于得到净化,而净化的原动力却不是观照而是一种有道德意义的行动。他的最后的成就也就是他的最高的理想的实现,从大海争来一片陆地,把它垦成沃壤,使它效用于人类社会。这理想可以叫作"自然的征服"。

这浮士德的精神真正是近代的精神,它表现于一些睥睨一世的雄才怪杰,表现于一些掀天动地的历史事变。各时代都有它的哲学辩护它的活动,在近代,尼采的超人主义唤起许多癫狂者的野心,扬谛理(Gentile)的"为行动而行动"的哲学替法西斯的横行奠定了理论的基础。

这真是一个大旋转。从前人恭维一个人,说"他是一个肯用心的人"(a thoughtful man),现在却说"他是一个活动分子"(an active man)。这旋转是向好还是向坏呢?爱下道德判断的人们不免起这个疑问。答案似难一致。自幸生在这个大时代的"活动分子"会赞叹现代生命力的旺盛,而"肯用心的人"或不免忧虑信任盲目冲动的危险。这种见解的分歧在骨子里与文艺方面古典与浪漫的争执是一致的。古典派要求意象的完美,浪漫派要求情感的丰富,还是冷静与热烈动荡的分别。文艺批评家们说,这分别是粗浅而村俗的,第一流文艺作品必定同时是古典的与浪漫的,必定是丰富的情感表现于完美的意象。把这见解应用到人生方面,显然的结论是:理想的人生是由知而行,由看而演,由观照而行动。这其实是一个老结论。苏格拉底的"知识即德行",孔子的"自明诚",王阳明的"知行合一",意义原来都是如此。但是这还是侧重行动的看法。

止于知犹未足，要本所知去行，才算功德圆满。这正犹如尼采在表面上说明了日神与酒神两种精神的融合，实际上仍是以酒神精神沉没于日神精神，以行动投影于观照。所以说来说去，人生理想还只有两个，不是看，就是演；知行合一说仍以演为归宿，日神酒神融合说仍以看为归宿。

　　近代意大利哲学家克罗齐另有一个看法，他把人类心灵活动分为知解（艺术的直觉与科学的思考）与实行（经济的活动与道德的活动）两大阶段，以为实行必据知解，而知解却可独立自足。一个人可以终止于艺术家，实现美的价值；可以终止于思想家，实现真的价值；可以终止于经济政治家，实现用的价值；也可以终止于道德家，实现善的价值。这四种人的活动在心灵进展次第上虽是一层高似一层，却各有千秋，各能实现人生价值的某一面。这就是说，看与演都可以成为人生的归宿。

　　这看法容许各人依自己的性之所近而抉择自己的人生理想，我以为是一个极合理的看法。人生理想往往决定于各个人的性格。最聪明的办法是让生来善看戏的人们去看戏，生来善演戏的人们来演戏。上帝造人，原来就不只是用一个模型。近代心理学家对于人类原型的分别已经得到许多有意义的发现，可以做解决本问题的参考。最显著的是荣格（Jung）的"内倾"与"外倾"的分别。内倾者（introvert）倾心力向内，重视自我的价值，好孤寂，喜默想，无意在外物界发动变化；外倾者（extrovert）倾心力向外，重视外界事物的价值，好社交，喜活动，常要在外物界起变化而无暇反观默省。简括地说，内倾者生来爱看戏，外倾者生来爱演戏。

人生来既有这种类型的分别，人生理想既大半受性格决定，生来爱看戏的以看为人生归宿，生来爱演戏的以演为人生归宿，就是理所当然的事了。双方各有乐趣，各是人生的实现，我们各不妨阿其所好，正不必强分高下，或是勉强一切人都走一条路。人性不只是一样，理想不只是一个，才见得这世界的恢宏和人生的丰富。犬儒派哲学家第欧根尼（Diogenes）静坐在一个木桶里默想，勋名盖世的亚力山大帝慕名去访他，他在桶里坐着不动。客人介绍自己说："我是亚力山大帝。"他回答说："我是犬儒第欧根尼。"客人问："我有什么可以帮你的忙吗？"他回答："只请你站开些，不要挡着太阳光。"这样就匆匆了结一个有名的会晤。亚历山大帝觉得这犬儒甚可羡慕，向人说过一句心里话："如果我不是亚历山大，我很愿做第欧根尼。"无如他是亚历山大，这是一件前生注定丝毫不能改动的事，他不能做第欧根尼。这是他的悲剧，也是一切人所同有的悲剧。但是这亚历山大究竟是一个了不起的人物，是亚历山大而能见到做第欧根尼的好处。比起他来，第欧根尼要低一层。"不要挡着太阳光！"那句话含着几多自满与骄傲，也含着几多偏见与狭量啊！

要较量看戏与演戏的长短，我们如果专请教于书本，就很难得公平。我们要记得：柏拉图、庄子、释迦、耶稣、但丁……这一长串人都是看戏人，所以留下一些话来都是袒护看戏的人生观。此外还有更多的人，像秦始皇、大流士、亚历山大、忽必烈、拿破仑……以及无数开山凿河、垦地航海的无名英雄毕生都在忙演戏，他们的人生哲学表现在他们的生活中，所以不曾留下话来辩护演戏的人生观。他们是忠实于自己的性格，如果留下话来，他们也就势必变成看戏人了。据说罗兰夫人上了断头台，才想望有一支笔可以写出她的临终的感想。我们固然希望能读到这位女革命家的自供，可是其实这是多余的。整部历史，这一部轰轰烈烈的戏，不就是演戏人们的最雄辩的供状吗？

英国散文家斯蒂文森（R. L. Stevenson）在一篇叫作《步行》的小品文里有一段话说得很美，可惜我的译笔不能传出那话的风味，它的大意是：

我们这样匆匆忙忙地做事，写东西，挣财产，想在永恒时间的嘲笑的静默中有一刹那使我们的声音让人可以听见，我们竟忘掉一件大事，在这件大事之中这些事只是细目，那就是生活。我们钟情、痛饮，在地面来去匆匆，像一群受惊的羊。可是你得问问你自己：在一切完了之后，你原来如果坐在家里炉旁快快活活地想着，是否比较更好些。静坐着默想——记起女子们的面孔而不起欲念，想到人们的丰功伟业，快意而不羡慕，对一切事物和一切地方有同情的了解，而却安心留在你所在的地方和身份——这不是同时懂得智慧和德行，不是和幸福住在一起吗？说到究竟，能拿出会游行来开心的并不是那些扛旗子游行的人们，而是那些坐在房子里眺望的人们。

这也是一番袒护看戏的话。我们很能了解斯蒂文森的聪明的打算，而且心悦诚服地随他站在一条线上——我们这批袖手旁观的人们。但是我们看了那出会游行而开心之后，也要深心感激那些扛旗子的人们。假如他们也都坐在房子里眺望，世间还有什么戏可看呢？并且，他们不也在开心吗？你难道能否认？

当局者迷，旁观者清

有几件事实我觉得很有趣味，不知道你有同感没有？

我的寓所后面有一条小河通莱茵河。我在晚间常到那里散步一次，走成了习惯，总是沿东岸去，过桥沿西岸回来。走东岸时我觉得西岸的景物比东岸的美；走西岸时适得其反，东岸的景物又比西岸的美。对岸的草木房屋固然比这边的美，但是它们又不如河里的倒影。同是一棵树，看它的正身本极平凡，看它的倒影却带有几分另一世界的色彩。我平时又欢喜看烟雾朦胧的远树，大雪笼盖的世界和深更夜静的月景。本来是习见不以为奇的东西，让雾、雪、月盖上一层白纱，便见得很美丽。

北方人初看到西湖，平原人初看到峨眉，虽然审美力薄弱的村夫，也惊讶于它们是奇景；但对生长在西湖或峨眉的人除了以居近名胜自豪以外，心里往往觉得西湖和峨眉实在也不过如此。新奇的地方都比熟习的地方美，东方人初到西方，或是西方人初到东方，都往往觉得面前景物件件值得玩味。本地人自以为不合时尚的服装和举动，在外方人看，却往往有一种美的意味。

古董癖也是很奇怪的。一个周朝的铜鼎或是一个汉朝的瓦瓶在当时也不过是盛酒盛肉的日常用具，在现在却变成很稀有的艺术品。固然有些好古董的人是贪它值钱，但是觉得古董实在可玩味的人却不少。我到外国人家去时，主人常欢喜拿一点中国东西给我看。这总不外瓷罗汉、蟒袍、渔樵耕读图之类的装饰品，我看到每每觉得羞涩，而主人却诚心诚意地夸奖它们好看。

种田人常羡慕读书人，读书人也常羡慕种田人。竹篱瓜架旁的黄粱浊酒和朱门大厦中的山珍海鲜，在旁观者所看出来的滋味都比当局者亲口尝出来的好。读陶渊明的诗，我们常觉到农人的生活真是理想的生活，可是农人自己在烈日寒风之中耕作时所尝到的况味，绝不似陶渊明所描写的那样闲逸。

人常是不满意自己的境遇而羡慕他人的境遇，所以俗话说："家花不比野花香。"人对于现在和过去的态度也有同样的分别，本来是很酸辛的遭遇到后来往往变成很甜美的回忆。我小时在乡下住，早晨看到的是那几座茅屋、几畦田、几排青山，晚上看到的也还是那几座茅屋、几畦田、几排青山，觉得它们真是单调无味，现在回忆起来，却不免有些留恋。

这些经验你一定也注意到的。它们是什么缘故呢？

这全是观点和态度的差别。看倒影，看过去，看旁人的境遇，看稀奇的景物，都好比站在陆地上远看海雾，不受实际的切身的利害牵绊，能安闲自在地玩味目前美妙的景致。看正身，看现在，看自己的境遇，看习见的景物，都好比乘海船遇着海雾，只知它妨碍呼吸，只嫌它耽误程期，预兆危险，没有心思去玩味它的美妙。持实用的态度看事物，它们都只是实际生活的工具或障碍物，都只能引起欲念或嫌恶。要见出事物本身的美，我们一定要从实用世界跳开，以"无所为而为"的精神欣赏它们本身的形象。总而言之，美和实际人生有一个距离，要见出事物本身的美，须把它摆在适当的距离之外去看。

再就上面的事例说，树的倒影何以比正身美呢？它的正身是实用世界中的一片段，它和人发生过许多实用的关系。人一看见它，不免想到它在实用上的意义，发生许多实际生活的联想。它足避风息凉的或是架屋烧火的东西。在散步时我们没有这些需要，所以就觉得它没有趣味。倒影是隔着一个世界的，是幻境的，是与实际人生无直接关联的。我们一看到它，就立刻注意到它的轮廓线纹和颜色，好比看一幅图画一样。这是形象的直觉，所以是美感的经验。总而言之，正身和实际人生没有距离，倒影和实际人生有距离，美的差别即起于此。

同理，游历新境时最容易见出事物的美。习见的环境都已变成实用的工具。比如我久住在一个城市里面，出门看见一条街就想到朝某方向走是某家酒店，朝某方向走是某家银行；看见了一座房子就想到它是某个朋友的住宅，或是某个总长的衙门。这样的"由盘而之钟"，我的注意力就迁到旁的事物上去，不能专心致志地看这条街或是这座房子究竟像个什么样子。在崭新的环境中，我还没有认识事物的实用的意义，事物还没有变成实用的工具，一条街还只是一条街而不是到某银行或某酒店的指路标，一座房子还只是某颜色某线形的组合而不是私家住宅或是总长衙门，所以我能见出它们本身的美。

一件本来惹人嫌恶的事情，如果你把它推远一点看，往往可以成为很美的意象，卓文君不守寡，私奔司马相如，陪他当垆卖酒。我们现在把这段情史传为佳话。我们读李长吉的"长卿怀茂陵，绿草垂石井，弹琴看文君，春风吹鬓影"几句诗，觉得它是多么幽美的一幅画！但是在当时人看，卓文君失节却是一件秽行丑迹。袁子才常刻一方"钱塘苏小是乡亲"的印，看他的口吻是多么自豪！但是钱塘苏小究竟是怎样的一个伟人？她原来不过是南朝的一个妓女。和这个妓女同时的人谁肯攀她做"乡亲"呢？当时的人受实际问题的牵绊，不能把这些人物的行为从极繁复的社会信仰和利害观念的圈套中划出来，当作美丽的意象来观赏。我们在时过境迁之后，不受当时的实际问题的牵绊，所以能把它们当作有趣的故事来谈。它们在当时和实际人生的距离太近，到现在则和实际人生距离较远了，好比经过一些年代的老酒，已失去它的原来的辣性，只留下纯淡的滋味。

一般人迫于实际生活的需要，都把利害认得太真，不能站在适当的距离之外去看人生世相，于是这丰富华严的世界，除了可效用于饮食男女的营求之外，便无其他意义。他们一看到瓜就想它足可以摘来吃的，一看到漂亮的女子就起性欲的冲动。他们完全是占有欲的奴隶。花长在园里何尝不可以供欣赏？他们却欢喜把它摘下来挂在自己的襟上或是插在自己的瓶里。一个海边的农夫逢人称赞他的门前海景时，便很羞涩地回过头来指着屋后一园菜说："门前虽没有什么可看的，屋后这一园菜却还不差。"许多人如果不知道周鼎汉瓶是很值钱的古董，我相信他们宁愿要一个不易打烂的铁锅或瓷罐，不愿要那些不能煮饭藏菜的破铜破铁。这些人都是不能在艺术品或自然美和实际人生之中维持一种适当的距离。

艺术家和审美者的本领就在能不让屋后的一园菜压倒门前的海景，不拿盛酒盛菜的标准去估定周鼎汉瓶的价值，不把一条街当作到某酒店和某银行去的指路标。他们能跳开利害的圈套，只聚精会神地观赏事物本身的形象。他们知道在美的事物和实际人生之中维持一种适当的距离。

我说"距离"时总不忘冠上"适当的"三个字，这是要注意的。"距离"可以太过，可以不及。艺术一方面要能使人从实际生活牵绊中解放出来，一方面也要使人能了解，能欣赏，"距离"不及，容易使人回到实用世界，距离太远，又容易使人无法了解欣赏。这个道理可以拿一个浅例来说明。

王渔洋的《秋柳诗》中有两句说："相逢南雁皆愁侣，好语西乌莫夜飞。"在不知这诗的历史的人看来，这两句诗是漫无意义的，这就是说，它的距离太远，读者不能了解它，所以无法欣赏它。《秋柳诗》原来是悼明亡的，"南雁"是指国亡无所依附的故旧大臣，"西乌"是指有意屈节降清的人物。假使读这两句诗的人自己也是一个"遗老"，他对于这两句诗的情感一定比旁人较能了解。但是他不一定能取欣赏的态度，因为他容易看这两句诗而自伤身世，想到种种实际人生问题上面去，不能把注意力专注在诗的意象上面，这就是说，《秋柳诗》对于他的实际生活距离太近了，容易把他由美感的世界引回到实用的世界。

许多人欢喜从道德的观点来谈文艺，从韩昌黎的"文以载道"说起，一直到现代"革命文学"以文学为宣传的工具止，都是把艺术硬拉回到实用的世界里去。一个乡下人看戏，看见演曹操的角色扮老奸巨猾的样子惟妙惟肖，不觉义愤填胸，提刀跳上舞台，把他杀了。从道德的观点评艺术的人们都有些类似这位杀曹操的乡下佬，义气虽然是义气，无奈是不得其时，不得其地。他们不知道道德是实际人生的规范，而艺术是与实际人生有距离的。

艺术须与实际人生有距离，所以艺术与极端的写实主义不相容。写实主义的理想在妙肖人生和自然，但是艺术如果真正做到妙肖人生和自然的境界，总不免把观者引回到实际人生，使他的注意力旁迁于种种无关美感的问题，不能专心致志地欣赏形象本身的美，比如裸体女子的照片常不免容易刺激性欲，而裸体雕像如《密罗斯爱神》，裸体画像如法国安格尔的《汲泉女》，都只能令人肃然起敬。这是什么缘故呢？这就是因为照片太逼肖自然，容易像实物一样引起人的实用的态度；雕刻和图画都带有若干形式化和理想化，都有几分不自然，所以不易被人误认为实际人生中的一片段。

艺术上有许多地方，乍看起来，似乎不近情理。古希腊和中国旧戏的角色往往戴面具，穿高底鞋，表演时用歌唱的声调，不像平常说话。埃及雕刻对于人体加以抽象化，往往千篇一律。波斯图案画把人物的肢体加以不自然的扭曲，中世纪"哥特式"诸大教寺的雕像把人物的肢体加以不自然的延长。中国和西方古代的画都不用远近阴影。这种艺术上的形式化往往遭浅人唾骂，它固然时有流弊，其实也含有至理。这些风格的创始者都未尝不知道它不自然，但是他们的目的正在使艺术和自然之中有一种距离。说话不押韵，不论平仄，做诗却要押韵，要论平仄，道理也是如此。艺术本来是弥补人生和自然缺陷的。如果艺术的最高目的仅在妙肖人生和自然，我们既已有人生和自然了，又何取乎艺术呢？

艺术都是主观的，都是作者情感的流露，但是它一定要经过几分客观化。艺术都要有情感，但是只有情感不一定就是艺术。许多人本来是笨伯而自信是可能的诗人或艺术家。他们常埋怨道："可惜我不是一个文学家，否则我的生平可以写成一部很好的小说。"富于艺术材料的生活何以不能产生艺术呢？艺术所用的情感并不是生糙的而是经过反省的。蔡琰在丢开亲生子回国时绝写不出《悲愤诗》，杜甫在"入门闻号眺，幼子饥已卒"时绝写不出《自京赴奉先县咏怀五百字》。这两首诗都是"痛定思痛"的结果。艺术家在写切身的情感时，都不能同时在这种情感中过活，必定把它加以客观化，必定由站在主位的尝受者退为站在客位的观赏者。一般人不能把切身的经验放在一种距离以外去看，所以情感尽管深刻，经验尽管丰富，终不能创造艺术。

子非鱼，安知鱼之乐

庄子与惠子游于濠梁之上。

　　庄子曰："鲦鱼出游从容，是鱼之乐也！"
　　惠子曰："子非鱼，安知鱼之乐？"
　　庄子曰："子非我，安知我不知鱼之乐？"

　　这是《庄子·秋水篇》里的一段故事，是你平时所欢喜玩味的。我现在借这段故事来说明美感经验中的一个极有趣味的道理。

　　我们通常都有"以己度人"的脾气，因为有这个脾气，对于自己以外的人和物才能了解。严格地说，各个人都只能直接地了解他自己，都只能知道自己处某种境地，有某种知觉，生某种情感。至于知道旁人旁物处某种境地、有某种知觉、生某种情感时，则是凭自己的经验推测出来的。比如我知道自己在笑时心里欢喜，在哭时心里悲痛，看到旁人笑也就以为他心里欢喜，看见旁人哭也以为他心里悲痛。我知道旁人旁物的知觉和情感如何，都是拿自己的知觉和情感来比拟。我只知道自己，我知道旁人旁物时是把旁人旁物看成自己，或是把自己推到旁人旁物的地位。庄子看到鲦鱼"出游从容"

便觉得它乐，因为他自己对于"出游从容"的滋味是有经验的。人与人，人与物，都有共同之点，所以他们都有互相感通之点。假如庄子不是鱼就无从知鱼之乐，每个人就要各成孤立世界，和其他人物都隔着一层密不通风的墙壁，人与人以及人与物之间便无心灵交通的可能了。

这种"推己及物""设身处地"的心理活动不尽是有意的，出于理智的，所以它往往发生幻觉。鱼没有反省的意识，是否能够像人一样"乐"，这种问题大概在庄子时代的动物心理学也还没有解决，而庄子硬拿"乐"字来形容鱼的心境，其实不过把他自己的"乐"的心境外射到鱼的身上罢了。他的话未必有科学的谨严与精确。我们知觉外物，常把自己所得的感觉外射到物的本身上去，把它误认为物所固有的属性，于是本来在我的就变成在物的了。比如我们说"花是红的"时，是把红看作花所固有的属性，好像是以为纵使没有人去知觉它，它也还是在那里。其实花本身只有使人觉到红的可能性，至于红却是视觉的结果。红是长度为若干的光波射到眼球网膜上所生的印象。如果光波长一点或是短一点，眼球网膜的构造换一个样子，红的色觉便不会发生。患色盲的人根本就不能辨别红色，就是眼睛健全的人在薄暮光线暗淡时也不能把红色和绿色分得清楚，从此可知严格地说，我们只能说"我觉得花是红的"。我们通常都把"我觉得"三字略去直说"花是红的"，于是在我的感觉遂被误认为在物的属性了。日常对于外物的知觉都可作如是观。"天气冷"其实只是"我觉得天气冷"，鱼也许和我不一致；"石头太沉重"

其实只是"我觉得它太沉重",大力士或许还嫌它太轻。

云何尝能飞？泉何尝能跃？我们却常说云飞泉跃；山何尝能鸣？谷何尝能应？我们却常说山鸣谷应。在说云飞泉跃、山鸣谷应时，我们比说花红石头重，又更进一层了。原来我们只把在我的感觉误认为在物的属性，现在我们却把无生气的东西看成有生气的东西，把它们看作我们的侪辈，觉得它们也有性格，也有情感，也能活动。这两种说话的方法虽不同，道理却是一样，都是根据自己的经验来了解外物。这种心理活动通常叫作"移情作用"。

"移情作用"是把自己的情感移到外物身上去，仿佛觉得外物也有同样的情感。这是一个极普遍的经验。自己在欢喜时，大地山河都在扬眉带笑；自己在悲伤时，风云花鸟都在叹气凝愁。惜别时蜡烛可以垂泪，兴到时青山亦觉点头。柳絮有时"轻狂"，晚峰有时"清苦"。陶渊明何以爱菊呢？因为他在傲霜残枝中见出孤臣的劲节；林和靖何以爱梅呢？因为他在暗香疏影中见出隐者的高标。

从这几个实例看，我们可以看出移情作用是和美感经验有密切关系的。移情作用不一定就是美感经验，而美感经验却常含有移情作用。美感经验中的移情作用不单是由我及物的，同时也是由物及我的；它不仅把我的性格和情感移注于物，同时也把物的姿态吸收于我。所谓美感经验，其实不过是在聚精会神之中，我的情趣和物的情趣往复回流而已。

姑先说欣赏自然美。比如我在观赏一棵古松，我的心境是什么样状态呢？我的注意力完全集中在古松本身的形象上，我的意识之中除了古松的意象之外，一无所有。在这个时候，我的实用的意志和科学的思考都完全失其作用，我没有心思去分别我是我而古松是古松。古松的形象引起清风亮节的类似联想，我心中便隐约觉到清风亮节所常伴着的情感。因为我忘记古松和我是两件事，我就于无意之中把这种清风亮节的气概移置到古松上面去，仿佛古松原来就有这种性格。同时我又不知不觉地受古松的这种性格影响，自己也振作起来，模仿它那一副苍老劲拔的姿态。所以古松俨然变成一个人，人也俨然变成一棵古松。真正的美感经验都是如此，都要达到物我同一的境界，在物我同一的境界中，移情作用最容易发生，因为我们根本就不分辨所生的情感到底是属于我还是属于物的。

再说欣赏艺术美，比如说听音乐。我们常觉得某种乐调快活，某种乐调悲伤。乐调自身本来只有高低、长短、急缓、宏纤的分别，而不能有快乐和悲伤的分别。换句话说，乐调只能有物理而不能有人情。我们何以觉得这本来只有物理的东西居然有人情呢？这也是由于移情作用。这里的移情作用是如何起来的呢？音乐的命脉在节奏。节奏就是长短、高低、急缓、宏纤相继承的关系。这些关系前后不同，听者所费的心力和所用的心的活动也不一致。因此听者心中自起一种节奏和音乐的节奏相平行。听一曲高而缓的调子，心力也随之作一种高而缓的活动；听一曲低而急的调子，心力也随之作一种低而急的活动。这种高而缓或是低而急的心力活动，常蔓延浸润到全部心境，使它变成和高而缓的活动或是低而急的活动相同调，于是听者心中遂感觉一种欢欣鼓舞或是抑郁凄恻的情调。这种情调本来属于听者,在聚精会神之中,他把这种情调外射出去,于是音乐也就有快乐和悲伤的分别了。

再比如说书法。书法在中国向来自成艺术,和图画有同等的身份,近来才有人怀疑它是否可以列于艺术,这般人大概是看到西方艺术史中向来不留位置给书法,所以觉得中国人看重书法有些离奇。其实书法可列于艺术,是无可置疑的。它可以表现性格和情趣。颜鲁公的字就像颜鲁公,赵孟頫的字就像赵孟頫。所以字也可以说是抒情的,不但是抒情的,而且是可以引起移情作用的。横直钩点等笔画原来是墨涂的痕迹,它们不是高人雅士,原来没有什么"骨力""姿态""神韵"和"气魄"。但是在名家书法中我们常觉到"骨力""姿态""神韵"和"气魄"。我们说柳公权的字"劲拔",赵孟頫的字"秀媚",这都是把墨涂的痕迹看作有生气有性格的东西,都是把字在心中所引起的意象移到字的本身上面去。

移情作用往往带有无意的模仿。我在看颜鲁公的字时,仿佛对着巍峨的高峰,不知不觉地耸肩聚眉,全身的筋肉都紧张起来,模仿它的严肃;我在看赵孟頫的字时,仿佛对着临风荡漾的柳条,不知不觉地展颐摆腰,全身的筋肉都松懈起来,模仿它的秀媚。从心理学看,这本来不是奇事。凡是观念都有实现于运动的倾向。念到跳舞时脚往往不自主地跳动,念到"山"字时口舌往往不由自主地说出"山"字。通常观念往往不能实现于动作者,由于同时有反对的观念阻止它。同时念到打球又念到泅水,则既不能打球,又不能泅水。如果心中只有一个观念,没有旁的观念和它对敌,则它常自动地现

236

于运动。聚精会神看赛跑时，自己也往往不知不觉地弯起胳膊动起脚来，便是一个好例。在美感经验之中，注意力都是集中在一个意象上面，所以极容易起模仿的运动。

移情的现象可以称之为"宇宙的人情化"，因为有移情作用然后本来只有物理的东西可具人情，本来无生气的东西可有生气。从理智观点看，移情作用是一种错觉，是一种迷信。但是如果把它勾销，不但艺术无由产生，即宗教也无由出现。艺术和宗教都是把宇宙加以生气化和人情化，把人和物的距离以及人和神的距离都缩小。它们都带有若干神秘主义的色彩。所谓神秘主义其实并没有什么神秘，不过是在寻常事物之中见出不寻常的意义。这仍然是移情作用。从一草一木之中见出生气和人情以至于极玄奥的泛神主义，深浅程度虽有不同，道理却是一样。

美感经验既是人的情趣和物的姿态的往复回流，我们可以从这个前提中抽出两个结论来：

一、物的形象是人的情趣的反照。物的意蕴深浅和人的性分密切相关。深人所见于物者亦深，浅人所见于物者亦浅。比如一朵含露的花，在这个人看来只是一朵平常的花，在那个人看或以为它含泪凝愁，在另一个人看或以为它能象征人生和宇宙的妙谛。一朵花如此，一切事物也是如此。因我把自己的意蕴和情趣移于物，物才能呈现我所见到的形象。我们可以说，各人的世界都由各人的自我伸张而成。欣赏中都含有几分创造性。

二、人不但移情于物，还要吸收物的姿态于自我，还要不知不觉地模仿物的形象。所以美感经验的直接目的虽不在陶冶性情，而却有陶冶性情的功效。心里印着美的意象，常受美的意象浸润，自然也可以少存些浊念。苏东坡诗说："宁可食无肉，不可居无竹；无肉令人瘦，无竹令人俗。"竹不过是美的形象之一种，一切美的事物都有不令人俗的功效。

情人眼底出西施

我们关于美感的讨论，到这里可以告一段落了，现在最好把上文所说的话回顾一番，看我们已经占住了多少领土。美感是什么呢？从积极方面说，我们已经明白美感起于形象的直觉，而这种形象是孤立自足的，和实际人生有一种距离；我们已经见出美感经验中我和物的关系，知道我的情趣和物的姿态交感共鸣，才见出美的形象。从消极方面说，我们已经明白美感一不带意志欲念，有异于实用态度，二不带抽象思考，有异于科学态度；我们已经知道一般人把寻常快感、联想以及考据与批评认为美感的经验是一种大误解。

美生于美感经验，我们既然明白美感经验的性质，就可以进一步讨论美的本身了。

什么叫作美呢？

在一般人看，美是物所固有的。有些人物生来就美，有些人物生来就丑。比如称赞一个美人，你说她像一朵鲜花，像一颗明星，像一只轻燕，你决不说她像一个布袋，像一头犀牛或是像一只癞蛤蟆。这就分明承认鲜花、明星和轻燕一类事物原来是美的，布袋、犀牛和癞蛤蟆一类事物原来是丑的。说美人是美的，也犹如说她是高是矮是肥是瘦一样，她的高矮肥瘦是她的星宿定的，是她从娘胎带来的，她的美也是如此，和你看者无关，这种见解并不限于一般人，许多哲学家和科学家也是如此想。所以他们费许多心力去实验最美的颜色是红色还是蓝色，最美的形体是曲线还是直线，最美的音调是G调还是F调。

但是这种普遍的见解显然有很大的难点，如果美本来是物的属性，则凡是长眼睛的人们应该都可以看到，应该都承认它美，好比一个人的高矮，有尺可量，是高大家就要都说高，是矮大家就要都说矮。但是美的估定就没有一个公认的标准。假如你说一个人美，我说她不美，你用什么方法可以说服我呢？有些人欢喜辛稼轩而讨厌温飞卿，有些人欢喜温飞卿而讨厌辛稼轩，这究竟谁是谁非呢？同是一个对象，有人说美，有人说丑，从此可知美本在物之说有些不妥了。

因此，有一派哲学家说美是心的产品。美如何是心的产品，他们的说法却不一致。康德以为美感判断是主观的而却有普遍性，因为人心的构造彼此相同。黑格尔以为美是在个别事物上见出概念或理想。比如你觉得峨眉山美，由于它表现"庄严""厚重"的概念。你觉得《孔雀东南飞》美，由于它表现"爱"与"孝"两种理想的冲突。托尔斯泰以为美的事物都含有宗教和道德的教训。此外还有许多其他的说法。说法既不一致，就只有都是错误的可能而没有都是不错的可能，好比一个数学题生出许多不同的答数一样。大约哲学家们都犯过信理智的毛病，艺术的欣赏大半是情感的而不是理智的。在觉得一件事物美时，我们纯凭直觉，并不是在下判断，如康德所说的；也不是在从个别事物中见出普遍原理，如黑格尔、托尔斯泰一般人所说的；因为这些都是科学的或实用的活动，而美感并不是科学的或实用的活动。还不仅此，美虽不完全在物却亦非与物无关，你看到峨眉山才觉得庄严、厚重，看到一个小土墩却不能觉得庄严、厚重。从此可知物须先有使人觉得美的可能性，人不能完全凭心灵创造出美来。

依我们看，美不完全在外物，也不完全在人心，它是心物婚媾后所产生的婴儿。美感起于形象的直觉。形象属物而却不完全属于物，因为无我即无由见出形象，直觉属我却又不完全属于我，因为无物则直觉无从活动。美之中要有人情也要有物理，二者缺一都不能见出美。再拿欣赏古松的例子来说，松的苍翠劲直是物理，松的清风亮节是人情。从"我"的方面说，古松的形象并非天生自在的，同是一棵古松，千万人所见到的形象就有千万不同，所以每个形象都是每个人凭着人情创造出来的，每个人所见到的古松的形象就是每个人所创造的艺术品，它有艺术品通常所具的个性，它能表现各个人的性分和情趣。从"物"的方面说，创造都要有创造者和所创造物，所创造物并非从无中生有，也要有若干材料，这材料也要有创造成美的可能性。松所生的意象和柳所生的意象不同，和癞蛤蟆所生的意象又不同。所以松的形象这一个艺术品的成功，一半是我的贡献，一半是松的贡献。

这里我们要进一步研究我与物如何相关了。何以有些事物使我觉得美，有些事物使我觉得丑呢？我们最好用一个浅例来说明这个道理。比如我们看下列六条垂直线,往往把它们看成三个柱子,觉得这三个柱子所围的空间(即A与B、C与D和E与F所围的空间)离我们较近,而B与C以及D与E所围的空间则看成背景,离我们较远。还不仅此。我们把这六条垂直线摆在一块看,它们仿佛自成一个和谐的整体;至于G与H两条没有规律的线则仿佛是这整体以外的东西,如果勉强把它苔上前面的六条线一块看,就觉得它不和谐。

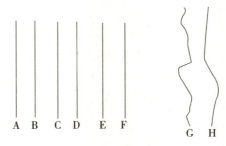

（1）A与B、C与D、E与F距离都相等。

（2）B与C、D与E距离相等,略大于A与B的距离。

（3）F与G的距离较B与C的距离大。

（4）A、B、C、D、E、F为六条平行垂直线,G与H为两条没有规律的线。

从这个有趣的事实,我们可以看出两个很重要的道理:

一、最简单的形象的直觉都带有创造性。把六条垂直线看成三个柱子,就是直觉到一种形象。它们本来同是垂直线,我们把A和B选在一块看,却不把B和C选在一块看;同是直线所围的空间,本来没有远近的分别，我们却把A、B中空间看得近，把B、C中空间看得远。从此可知在外物者原来是散漫混乱，经过知觉的综合作用，才现出形象来。形象是心灵从混乱的自然中所创造成的整体。

二、心灵把混乱的事物综合成整体的倾向却有一个限制，事物也要本来就有可综合为整体的可能性。A至F六条线可以看成一个整体，G与H两条线何以不能纳入这个整体里面去呢？这里我们可以见出在觉美觉丑时心和物的关系。我们从左看到右时，看出CD和AB相似，DE又和BC相似。这两种相似的感觉便在心中形成一个有规律的节奏，使我们预料此后都可由此例推，右边所有的线都顺着左边诸线的节奏。视线移到EF两线时，所预料的果然出现，EF果然与CD也相似。预料而中，自然发生一种快感。但是我们再向右看，看到G与H两线时，就猛觉与前不同，不但G和F的距离猛然变大，原来是像柱子的平行垂直线，现在却是两条毫无规律的线。这是预料不中，所以引起不快感。因此G与H两线不但在物理方面和其他六条线不同，在情感上也和它们不能和谐，所以被摈于整体之外。

这里所谓"预料"自然不是有意的，好比深夜下楼一样，步步都踏着一步梯，就无意中预料以下都是如此，倘若猛然遇到较大的距离，或是踏到平地，才觉得这是出乎意料。许多艺术都应用规律和节奏，而规律和节奏所生的心理影响都以这种无意的预料为基础。

懂得这两层道理，我们就可以进一步来研究美与自然的关系了。一般人常欢喜说"自然美"，好像以为自然中已有美，纵使没有人去领略它，美也还是在那里。这种见解就是我们在上文已经驳过的美本在物的说法。其实"自然美"三个字，从美学观点看，是自相矛盾的，是"美"就不"自然"，只是"自然"就还没有成为"美"。说"自然美"就好比说上文六条垂直线已有三个柱子的形象一样。如果你觉得自然美，自然就已经过艺术化，成为你的作品，不复是生糙的自然了。比如你欣赏一棵古松，一座高山，或是一湾清水，你所见到的形象已经不是松、山、水的本色，而是经过人情化的。各人的情趣不同，所以各人所得于松、山、水的也不一致。

流行语中有一句话说得极好："情人眼底出西施。"美的欣赏极似"柏拉图式的恋爱"。你在初尝恋爱的滋味时，本来也是寻常血肉做的女子却变成你的仙子。你所理想的女子的美点她都应有尽有。在这个时候，你眼中的她也不复是她自己原身而是经你理想化过的变形。你在理想中先酝酿成一个尽美尽善的女子，然后把她外射到你的爱人身上去，所以你的爱人其实不过是寄托精灵的躯骸。你只见到精灵，所以觉得无瑕可指；旁人冷眼旁观，只见到躯骸，所以往往诧异道："他爱上她，真是有些奇怪。"一言以蔽之，恋爱中的对象是已经艺术化过的自然。

美的欣赏也是如此，也是把自然加以艺术化。所谓艺术化，就是人情化和理想化。不过美的欣赏和寻常恋爱有一个重要的异点。寻常恋爱都带有很强烈的占有欲，你既恋爱一个女子，就有意无意地存有"欲得之而甘心"的态度。美感的态度则丝毫不带占有欲。

一朵花无论是生在邻家的园子里或是插在你自己的瓶子里，你只要能欣赏，它都是一样美。老子所说的"为而不有，功成而不居"，可以说是美感态度的定义。古董商和书画金石收藏家大半都抱有"奇货可居"的态度，很少有能真正欣赏艺术的。我在上文说过，美的欣赏极似"柏拉图式的恋爱"，所谓"柏拉图式的恋爱"对于所爱者也只是无所为而为的欣赏，不带占有欲。这种恋爱是否可能，颇有人置疑，但是历史上有多少著例，凡是到极浓度的初恋者也往往可以达到胸无纤尘的境界。

从"凡人皆有死"到"苏格拉底有死"

科教书里有许多话，你一眼看去，都像是绝对真理，可是你倘若稍加分剖，问题就纷纷而来了。比方论理学上有所谓"三段论法"就是一个实例。

什么叫作三段论法呢？你只须打开那一本论理学教课书，大概都会找出下面的一个老例子：

> 凡人皆有死，
> 苏格拉底是人，
> 所以苏格拉底有死。

像这样的三段论法，你头脑只要略一活动，大半都是应用它。比方你清早爬起床来，知道太阳不是从西方出来的，因为你见过太阳天天都从东方起山。你眼睛一瞥，看见日历上今日是星期五，你便记起今日有数学，因为你那一班每星期五都有数学。你走下楼梯，不敢一步从楼上跳到楼下，因为你知道从楼上一步跳到楼下，你的腿会折断。午餐时，你留一位湖南朋友吃饭，你叫厨子特别预备辣子，因为你心里想，凡湖南人都甚欢吃辣子。一言以蔽之，三段论法。

三段论法既如此神通广大，所以论理学家——从亚里士多德以至于教你论理学的那位先生——把它看作无上至宝，并且奉上一些叫你我听着吐舌的"学语"，比方上面的老例子里，第一句"凡人皆有死"叫作什么"大前提"，第二句"苏格拉底是人"叫作什么"小前提"，而第三句"所以苏格拉底有死"就是"结论"。这三段论法整个的又叫作"演绎推理"。所谓演绎推理者是说从已知普遍原理抽绎出未知个别事例。如果跟严又陵先生说哩，这是"由全及偏"的推理。说到"由全及偏"，你也许想到"由偏及全"。不错，论理学上是有这个玩意儿。比方上面"凡人皆有死"一句大前提怎样得来的呢？就是"由偏及全"的推理的结果。写成式子，就像这样：

张三李四……等等是人，

张三李四……等等有死。

所以凡人皆有死。

这还不是三段论法？自然，所以三段论法真是神通广大！不过论理学家说，这种三段论法犯着"媒词不周延"的谬误。这话怎样讲，我们且不去管。如今单说这种"由偏及全"的三段论法叫作"归纳推理"，因为它根据许多个别事例而归纳到一个普遍原理。论理学家说，你如果懂得归纳又懂得演绎，就懂一切推理；如果你懂得三段论法（至少形式派论理学者是如此说），你就懂得归纳，又懂得演绎。所以你如果想学论理学，须先请教三段论法。

我开端不说许多真理，经过考究以后就会成为问题吗？我再把老朋友请出来：

> 凡人皆有死，
>
> 苏格拉底是人，
>
> 所以苏格拉底有死。

你且莫要读下去，想想你对这三段论法有问题没有？

你自然说，这是正当道理。从前许多论理学者也都说这是正当道理。

但是英国的穆勒偏说这是荒谬而又荒谬。他说，假若我们不知道苏格拉底有死，我们何以知道凡人皆有死？并且，假若我们不知道苏格拉底有死，我们何以能说苏格拉底是人？这个三段论法本来是要证明苏格拉底有死的，而用以证明的两前提都假定将待证明的结论在内。就论理学规律说，这是犯了"窃取论点"的谬误。就实际说，推理的目的在发见新理，而苏格拉底有死并不能算是新发见的真理。

因此穆勒把论理学家父传子子传孙的"由全及偏"的三段论打得粉碎。依他看，凡是推理都是"由偏及偏"。比方你知道爱因斯坦将来是会死的，你并非拿"凡人皆有死"做根据，因为你并没有数尽古往今来的人，你所依为根据的只是"张三李四等等人皆有死"，因为这都是你耳目见闻过的。如果写成三段论法我们可得下式：

张三李四等等人皆有死（偏），

爱因斯坦是人，

所以爱因斯坦有死（偏）。

这个推理就显然是"由偏及偏"。

如果你是一个形式派论理学者，你一定要告诉穆勒说："你这种推理犯着媒词不周延的谬误呀！"但是穆勒有现成的话回答你，他根本就否认三段论法，所以他不受三段论法的规律束缚。而且穆勒是经验派的老祖，而经验派学者都以为真理不是一成不变的，是暂时假定以备测试的。换句话说，一切推理所得的结论都是"假说"，假说是否确实，要看它与新事例是否符合而定。杜威说，真理只是一种钞票，其价值如何，要看它能兑现不能兑现。这就是和穆勒一鼻孔出气的。

所以"媒词不周延"的大道理不能闭穆勒的口。但是我们还要问，爱因斯坦既非张三，又非李四，我们何以能由张三李四之死推到爱因斯坦之死呢？穆勒说，我们所根据的是爱因斯坦和张三李四的类似点。拿式子来说，这话是这样解：

张三李四等皆有死，

就身体构造及生活需要言，爱因斯坦类似张三李四等，则就有死一点言，爱因斯坦也应该类似张三李四等。

这里穆勒的破绽就露出来了。批评穆勒者马上会说，这种推理并非由偏及偏，因为推理根据不是张三李四等，而是爱因斯坦与张三李四的类似点，这种类似点表之于语言，就是全称判断。上列推理实如下式：

凡身体构造及生活需要如张三李四者皆有死，
爱因斯坦身体构造及生活需要如张三李四等，
所以爱因斯坦有死。

观此，则穆勒所谓"由偏及偏"实际上是"由全及偏"，而他所谓归纳法，实际上还是应用他所攻击的三段论法。这个批评在穆勒死后才提出，所以我不知道穆勒应该如何答辩。

穆勒以后，像布拉德雷和鲍申葵一般人又在这歪歪倒倒的三段论法上打了几拳。

第一，他们说，大前提（凡人皆有死）是假借来的，其真假如何，在本三段论法是看不出来的。假若大前提不的确，结论就靠不住。比方你以为"天下老鸦一般乌"，倘若你遇见一个老鸦实在不是乌的，你也只得说乌，未免为三段论法所误了，而且被假借得来的大前提自身也是由另一三段论法得来的，而此另一三段论法所用的大前提又是由另一三段论法得来的。如此推寻上去，到最后你总得抵到不能证明的前提。三段论法是用以证明的,而它的最后根据还是不可证明的。那么,它哪里值得一文钱!

第二,三段论法名为演绎推理,而许多演绎推理却不能表以三段论法。比方说:

（1）甲在乙之右,乙在丙之右,所以甲在丙之右。

（2）甲等于乙,乙等于丙,所以甲等于丙。

（3）孔子生于释迦前,释迦生于耶稣前,所以孔子生于耶稣前。

（4）一斗米值八角钱,这是五升米,所以值四角钱。

（5）查理第一是皇帝,他被斩首了,所以皇帝也许被斩首。

这几条谁说不是丝毫不错的推理?然而照三段论法的规律说（1）（2）（3）（4）都有四个端词,而无媒词;(5)则有媒词而不周延,都是不合法的推理。数学是应用演绎法最广的科学,而数学中等式和比例式都不能表以三段论法,三段论法还有什么用处呢?

第三,三段论法只能得结论而不能明示结论的宾词之特性如何,它只能告诉你苏格拉底有死,而不能告诉你苏格拉底是怎样死。这个缺点,拿下列两式比较便可看出:

（一）凡受重力定律支配者其运动如此如此,

月球是受重力定律支配者,

所以月球运动如此如此。

（二）凡受重力定律支配者其运动如此如此，

车轮是受重力定律支配者，

所以车轮的运动如此如此。

从这两个例子看，我们可以看出三段论法不能发见月球的运动和车轮的运动有何分别。科学的用处在辨别异点，而三段论法是不能帮助的，这也是它的大缺点。

这是关于三段论法的一种粗浅的研究，论理学家们你攻击我辩护，还更闹得"不亦乐乎"。但是从这个粗浅的研究看，我们可以知道历来论理学家所奉为金科玉律的三段论法是露着许多破绽的；我们并且可以知道，凡是我们以为无可置疑的大道理，稍经研究，问题便会源源而来的。

（载《一般》第二卷第三期，1927年3月）

悲剧与人生的距离

莎士比亚说得好:世界只是一座舞台,生命只是一个可怜的戏角。但从另一意义说,这种比拟却有不精当处。世界尽管是舞台,舞台却不能是世界。倘若坠楼的是你自己的绿珠,无辜受祸的是你自己的伊菲革涅亚,你会心寒胆裂。但是她们站在舞台时,你却袖手旁观,眉飞色舞。纵然你也偶一洒同情之泪,骨子里你却觉得开心。有些哲学家说这是人类恶根性的暴露,把"幸灾乐祸"的大罪名加在你的头上。这自然是冤枉,其实你和剧中人物有何仇何恨?

看戏和做人究竟有些不同。杀曹操泄义愤,或是替罗密欧与朱丽叶传情书,就做人说,自是一种功德;就看戏说,似未免近于傻瓜。

悲剧是一回事,可怕的凶灾险恶又另是一回事。悲剧中有人生,人生中不必有悲剧。我们的世界中有的是凶灾险恶。但是说这种凶灾险恶是悲剧,只是在修辞用比譬。悲剧所描写的固然也不外乎凶灾险恶,但是悲剧的凶灾险恶是在艺术的锅炉中蒸馏过的。

像一切艺术一样,戏剧要有几分近情理,也要有几分不近情理。它要有几分近情理,否则它和人生没有接触点,读来兴味索然;它也要有几分不近情理,否则你会把舞台真正看作世界,看《奥瑟罗》回想到自己的妻子,或者老实递消息给司马懿,说诸葛亮是在演空城计！

"软玉温香抱满怀……春至人间花弄色……露滴牡丹开。"淫词也，而读者在兴酣采烈之际忘其为淫，正因在实际人生中谈男女间事，话不会说得那样漂亮。俄狄浦斯弑父娶母，奥瑟罗信谗杀妻，悲剧也，而读者在兴酣采烈之际亦忘其为悲，正因在实际人生中天公并未曾濡染大笔，把痛心事描绘成那样惊心动魄的图画。

悲剧和人生之中自有一种不可跨越的距离，你走进舞台，你便须暂时丢开世界。

悲剧都有些古色古香。希腊悲剧流传于人间的几十部之中只有《波斯人》一部是写当时史实，其余都是写人和神还没有分家时的老故事老传说。莎士比亚并不醉心古典，在这一点他却近于守旧。他的悲剧事迹也大半是代远年湮的。17世纪法国悲剧也是如此。拉辛在《巴雅泽》（*Bajazet*）序文里说："说老实话，如果剧情在哪一国发生，剧本就在哪一国表演，我不劝作家拿这样近代的事迹做悲剧。"他自己用近代的"巴雅泽"事迹，因为它发生在土耳其，"国度的辽远可以稍稍补救时间的邻近"。莎士比亚也很明白这个道理。《奥瑟罗》的事迹比较晚。他于是把它的场合摆在意大利，用一个来历不明的黑面将军做主角。这是以空间的远救时间的近。他回到本乡土搜材料时，他心焉向往的是李尔王、麦克白一些传说上的人物。这是以时间的远救空间的近。你如果不相信这个道理，让孔明脱去他的八卦衣，丢开他的羽扇，穿西装吸雪茄烟登场！

悲剧和平凡是不相容的，而在实际上不平凡就失人生世相的真面目。所谓"主角"同时都有几分"英雄气"。普罗米修斯、哈姆雷特乃至于无恶不作的埃及皇后克莉奥佩特拉都不是你我凡人所能望其项背的,你我凡人没有他们的伟大魄力,却也没有他们那副傻劲儿。许多悲剧情境移到我们日常世界中来,都会被妥协酿成一个平凡收场,不致引起轩然大波。如果你我是俄狄浦斯,要逃弑父娶母的预言,索性不杀人,独身到老,便什么祸事也没有。如果你我是哈姆雷特,逞义气,就痛痛快快把仇人杀死;不逞义气,便低首下心称他做父亲,多么干脆!悲剧的产生就由于不平常人睁着大眼睛向我们平常人所易避免的灾祸里闯。悲剧的世界和我们是隔着一层的。

这种另一世界的感觉往往因神秘色彩而更加浓厚。悲剧压根儿就是一个不可解的谜语,如果能拿理性去解释它的来因去果,便失其为悲剧了。善有善报,恶有恶报,是人类的普遍希望,而事实往往不如人所期望,不能尤人,于是怨天,说一切都是命运。悲剧是不虔敬的,它隐约指示冥冥之中有一个捣乱鬼,但是这个捣乱鬼的面目究竟如何,它却不让我们知道,本来它也无法让我们知道。看悲剧要带几分童心,要带几分原始人的观世法。狼在街上走,枭在白天里叫,人在空中飞,父杀子,女驱父,普洛斯彼罗呼风唤雨,这些光怪陆离的幻象,如果拿读《太上感应篇》或是计较油盐柴米的心理去摸索,便失其为神奇了。

艺术往往在不自然中寓自然。一部《红楼梦》所写的完全是儿女情,作者却要把它摆在"金玉缘"一个神秘的轮廓里。一部《水浒传》所写的完全是侠盗生活，作者却要把它的根源埋到"伏魔之洞"。戏剧在人情物理上笼上一层神秘障，也是惯技，梅特林克的《普莱雅斯和梅丽桑德》写叔嫂的爱，本是一部人间性极重要的悲剧，作者却把场合的空气渲染得阴森冷寂如地窖，把剧中人的举止言笑描写得如僵尸活鬼，使观者察觉不到它的人间性。邓南遮的《死城》也是如此。别说什么自然主义或是写实主义，易卜生写的在房子里养野鸭来打的老头儿，是我们这个世界里的人物吗？

　　像一切艺术一样，戏剧和人生之中本来要有一种距离，所以免不了几分形式化，免不了几分不自然。人事里哪里有恰好分成五幕的？谁说情话像张君瑞出口成章？谁打仗只用几十个人马？谁像奥尼尔在《奇妙的插曲》里所写的角色当着大众说心中隐事？以此类推，古希腊和中国旧戏的角色戴面具，穿高跟鞋，拉了嗓子唱，以及许多其他不近情理的玩意儿都未尝没有几分情理在里面。它们至少可以在舞台和世界之中辟出一个应有的距离。悲剧把生活的苦恼和死的幻灭通过放大镜，射到某种距离以外去看。苦闷的呼号变成庄严灿烂的意象，霎时间使人脱开现实的重压而游魂于幻境，这就是尼采所说的"从形相得解脱"（redemption through appearance）。